KB049529

귀여우면 변태라도 좋아해 주실 수 있나요?

5

하나마 토모 지음
sune 일러스트
심희정 옮김

조금씩, 신중하게 치마 속에 손을 넣었다.

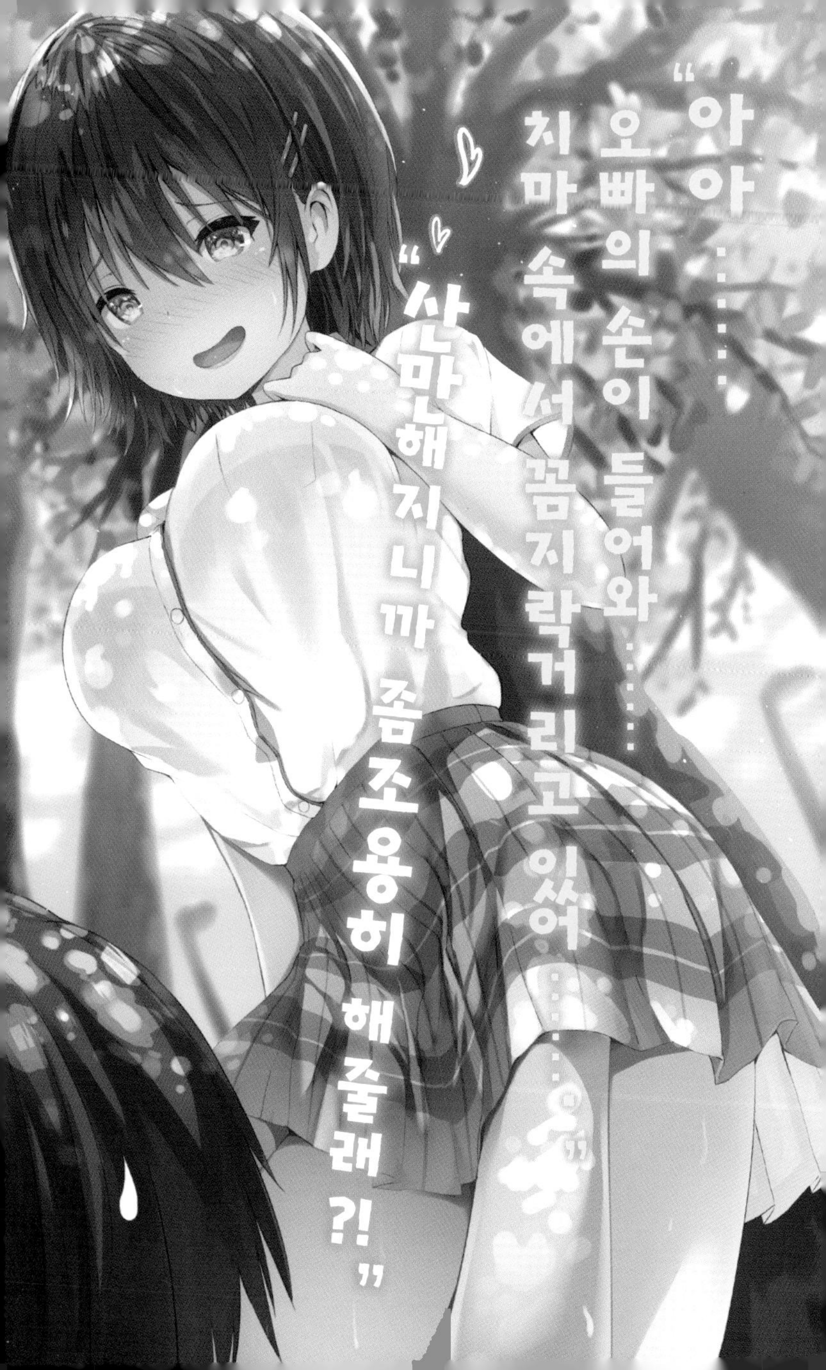
"아아……
오빠의 손이 들어와……
치마 속에서 꼼지락거리고 있어……"
"산만해지니까 좀 조용히 해 줄래?!"

탈의실에서 나온 건 백의의 천사였다.

핑크빛 간호사복을 입고, 머리에 간호사 모자를 쓰고, 사랑스러운 다리를 스타킹으로 감싸고, 작은 손에는 체온계까지 완비하고 있었었다.

완벽한 로리 간호사가 거기서 있었었다.

"......체, 체온 잴 시간이에요."

"이제 괜찮으니까, 참지 마."

"키류……흑……흐아앙."

케이키의 품에 얼굴을 묻고 마오는 어린애처럼 울기 시작했다.

그 눈물을 차마 볼 수 없어서

케이키는 마오의 머리에 손을 얹고, 그대로 끌어당겨 안았다.

"괜찮아, 난 죠."

목차

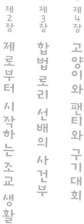

귀여우면 변태라도
좋아해주실 수 있나요?
5

하나마 토모 지음 | **sune** 일러스트 | **심희정** 옮김

컬러, 본문 일러스트 | sune

시각은 심야 11시 반을 지났을 무렵.

해변에 세워진 오오토리 가의 별장, 그 2층.

서예부에서 유일한 남자부원에게 배정된 침실에서 키류 케이키는 정좌를 강요받고 있었다.

쿠션 같은 온정은 없었고 차가운 바닥 위에 그대로 앉아 있었다.

불이 켜진 방 안, 애처로운 피고인 앞에 놓인 두 개의 의자에는 각각 아름다운 소녀가 앉아 있었다.

한 사람은 블라우스에 롱스커트를 맞춘 흑발의 미녀.

또 한 명은 원피스를 몸에 걸친 금색 머리칼의 여자아이.

토키하라 사유키와 코가 유이카, 두 사람이었다.

남자부원에게 정좌를 강요한 그녀들은 불만스러운 표정으로 피고인을 내려다보고 있었다.

긴장된 분위기 속, 케이키 쪽에서 볼 때 오른쪽 의자에 앉은 사유키가 조용히 다리를 꼬았다.

"—자, 그럼 설명해주겠어? 케이키가 침대 위에서 알몸인 여동생과 격렬하게 끌어안고 있었던 일에 대해서."

"유이카도 듣고 싶어요. 케이키 선배가 알몸인 미즈하 선배와 대체 뭘 했는지."

"단어 선택에 악의가 느껴지는 건 나뿐인가요……?"

11

"응? 뭐라고 했어?"

"무슨 말인지 잘 안 들렸는데 한 번 더 부탁드려도 될까요?"

"아무것도 아닙니다! 죄송합니다!"

두 여자의 미소가 내뿜는 압력에 완전 패배.

여자가 기분 나쁠 때는 맞서면 안 되는 법.

"어떤 약점을 쥐고 있는지는 모르지만, 여동생에게 손을 대는 건 최악이라고 생각해."

"케이키 선배가 그런 짓을 하는 사람일 줄은 몰랐어요……."

아무리 생각해도 짚이는 데가 없는 죄상을 읊은 후 재판관들의 차가운 시선이 그에게 꽂혔다.

아무래도 그녀들은 케이키가 억지로 여동생을 덮쳤다고 생각하는 것 같았다.

꽤 심각한 오해에 정신이 아찔해졌다.

(……애초에 어째서 이런 상황이 벌어진 거지?)

상황을 정리하기 위해 그녀들에게 심문을 받을 때까지의 경위를 떠올려보았다.

사건이 일어난 건 약 30분 전, 현장은 바로 이 방으로, 합숙으로 지쳐 숙면하고 있던 케이키가 여동생인 미즈하에게 습격당한 게 발단이었다.

사유키가 갖고 온 위스키 봉봉을 먹고, 술의 마력으로 이성을 잃은 미즈하가 케이키의 방에 잠입하고 만 것이다.

알몸인 여동생에게 '할래?'라는 말을 들었을 땐 '나의 동정도 여기까지인가'라고 생각했지만 그래도 어떻게든 미스하가 도중에 잠들어버릴 때끼지 유혹을 계속 견뎌낼 수 있었다.

하지만 그 직후 새로운 문제가 발생했다.

침대 위에서, 알몸인 여동생에게 끌어안겨 있는 그 상황을 사유키와 유이카 두 사람이 목격하고 만 것이다.

이상으로 공포의 마녀재판이 열리게 된 경위였습니다.

참고로 사건의 원흉인 미즈하는 알몸인 채로 시트를 걸치고 침대 위에 벌러덩 드러누워 잠들어 있었다.

(오빠가 이런 심각한 일을 당하고 있는데 이렇게 깊이 잠들어버리다니……)

흔들어 깨워 사유키와 유이카에게 사정을 설명해달라고 부탁하고 싶었지만, 천사처럼 잠든 얼굴을 보면 그것도 망설여졌다.

애초에 술에 취한 상태에서 한 행동이었기 때문에 미즈하가 기억하지 못할 가능성이 있었다.

문제투성이인 현 상황에 깊게 숨을 내쉬고 자력으로 오해를 풀기 위해 재판관들에게로 몸을 돌렸다.

"믿어 줄지는 모르겠지만 오해야."

"흐음? 오해인가요? 이런 야심한 밤에 알몸인 여동생을 끌어안아 놓고?"

"어떤 사정이 있으면 알몸인 여동생과 한 침대에 있을 수 있는지, 흥미로운데."

피고인의 변명에 돌아온 건 가시 돋친 말들.

역시 쉽게 납득할 것 같지 않았다.

그렇게 되면 진실을 말하고 이해해주길 바라는 수밖에 없겠지.

"지금까지 입 다물고 있었지만……미즈하에게는 노출벽이 있어."

""……응?""

피고인의 발언에 재판관 두 사람의 목소리가 동시에 터져 나왔다.

그 이후 몇 분 동안 키류 미즈하가 알몸의 셀카를 계속 찍어 모으는 변태 소녀라는 걸 거침없이 말해주자 사유키와 유이카는 반신반의한 미묘한 표정을 지어 보였다.

"……그럼 당한 건 케이키라는 뜻?"

"그런 거죠."

"미즈하에게 그런 취미가 있을 줄이야. ……정상으로 보였는데 의외로 변태였구나."

"미즈하도 사유키 선배에게 그런 소리 듣고 싶지 않을 거예요."

도M과 노출광이라니, 솔직히 둘 다 큰 차이는 없었다.

"미즈하 선배가 노출광이라니, 솔직히 믿을 수 없어요. 역시 케이키 선배가 덮친 게……."

"아니라니까. 애초에, 그런 거였다면 현장이 미즈하의 빙이 아니면 이싱히긵이."

"으음……그건 확실히……."

"잠깐만. 결론을 내는 건 아직 일러. 케이키가 미즈하를 방으로 불러내서 억지로 행위에 이르렀을 가능성도 버릴 순 없어."

"네?! ……케이키 선배, 역시……."

"난 억울해."

이야기가 더 진행되지 않아, 전에 미즈하가 보낸 가슴이 살짝 드러난 사진을 두 사람에게 보여주었다.

스마트폰에 표시된 결정적인 증거에 그녀들도 간신히 납득한 듯 보였다.

"……뭐, 미즈하 선배에게 노줄벽이 있다는 건 알았어요."

"그래. 예상 밖의 취미지만, 그렇게 말하자면 나나 코가도 그렇고. ……하지만 아무리 취했다고 해도 자기 오빠의 침대로 쳐들어가거나 할까?"

"아, 그러니까……그건 좀 복잡한 사정이 있어서."

"복잡한 사정?"

"실은 저랑 미즈하는 피가 섞이지 않았어요."

"뭐라고?!"

"어, 어떻게 된 거예요?!"

"미즈하는 어릴 때 친부모님을 잃었어요. 그리고 친척이 없었던 미즈하를 우리 부모님이 맡게 됐죠. 그러니까 미즈하는, 저의 의붓여동생이에요."

""⋯⋯.""

뜻밖의 진실에 재판관들의 말문이 막혔다.

"⋯⋯그, 그건 즉 미즈하는 케이키를⋯⋯? 세상에⋯⋯닮지 않았다고는 생각했지만 설마 의붓남매일 줄이야⋯⋯."

"⋯⋯엄청난 복병이네요⋯⋯사이가 좋다고는 생각했는데 피가 섞이지 않았다니⋯⋯여기서 라이벌이 더 늘어나는 건 예상 밖의 일이에요⋯⋯."

중얼중얼 무언가를 중얼거리며 생각에 잠긴 두 사람.

그 이후, 정신을 가다듬은 듯 고개를 들고 두 사람 모두 의자에서 일어났다.

"일단, 케이키에게는 신성한 합숙에서 음란한 행위를 하려고 했던 벌을 줘야겠지."

"네에, 케이키 선배는 이대로 아침까지 정좌하고 기다리세요."

"아침까지?!"

정좌 플레이의 영향으로 이미 다리 감각이 없는데⋯⋯.

애초에 케이키는 미즈하에게 습격당했을 뿐인, 말하자면 피해자였다.

"전 억울함을 주장합니다!"

"어디가?! 의붓여동생이 네 침대로 몰래 들어온 시점에서 유죄야!"

"맞아요! 케이키 선배는 엄청난 난봉꾼이에요!"

해변의 별장에서 전개되는 남녀의 말다툼.

한밤중이라고는 생각할 수 없는 소란에 침대에 잠들어 있던 미즈하가 '으음……' 하고 몸을 움직이며 살짝 눈을 떴다.

"으응……?"

그녀는 그 자리에서 꼼지락거리며 몸을 일으켜 잠에 취해 멍한 모습으로 방 안으로 시선을 돌리며 작게 고개를 갸웃거렸다.

"……어라? 다들 모여서 무슨 일이야?"

"그 전에 미즈하는 몸을 좀 가리도록 해."

"……아."

사유키의 말에 겨우 자신이 알몸이라는 걸 깨달은 것 같았다.

몸을 일으키면서 시트가 벗겨져 가냘픈 어깨라던가 풍만하게 부푼 가슴 등 다양한 부분이 드러나고 말았다.

살짝 뺨을 붉히며 시트로 몸을 가린 후 힐끔힐끔 오빠에게로 시선을 돌렸다.

아무래도 혼자 바닥에 정좌하고 있는 게 신경 쓰이는 듯했다.

그런 미즈하 옆으로 진지한 표정을 한 사유키가 다가왔다.

"미즈하, 너에게 묻고 싶은 게 있는데."

"네?"

"너, 케이키를 어떻게 생각해?"

"오빠 말인가요?"

그 질문에 미즈하는 순간 멀뚱거렸고.

그 이후 봄 햇살처럼 살며시 미소 지었다.

"정말 좋아해요. ──결혼하고 싶을 정도로 좋아해요."

방금 눈을 뜬 탓인지 혀 짧은소리로 만들어내는 고백.

너무나 직설적인 애정표현에 그 자리에 있는 모두가 말을 잃었다.

변태 소녀는 사양이라는 슬로건을 내건 케이키조차 하마터면 사랑에 빠질 정도였다.

그녀가 변태가 아니었다면 진심으로 결혼을 검토했을지도 모른다.

"……케이키?"

"……케이키 선배?"

귀여운 여동생의 커밍아웃에 케이키에 대한 사유키와 유이카의 시선이 더더욱 차가워진 건 말할 것도 없었다.

합숙날 밤에 열린 키류 케이키의 재판은 만장일치의 '유죄 판결'로 막을 내렸다.

여동생의 마음을 훔친 괴도 케이키는 정말 아침까지 정좌하고 있어야 했다.

케이키와 유쾌한 변태들에 의한 혼돈의 합숙이 끝나고 맞이한 새로운 월요일.

방과 후 2학년 B반의 교실에는 세 명의 학생이 남아 있었다.

"—그래서, 어제는 아침까지 정좌하고 있느라 엄청 힘들었어."

"그건 정말 재난이었네."

창가 자리에 앉아 케이키의 이야기를 듣던 쇼마가 쓴웃음을 지었다.

"내가 잠든 사이에 그런 일이 있었을 줄이야. 그래서 부장과 유이카가 기분이 안 좋았구나."

두 남학생으로부터 책상 하나를 사이에 두고 앉아, 손에 든 스케치북 위로 연필을 움직이며 마오가 대화에 참가했다.

"설마 키류와 미즈하가 의붓남매일 줄이야. 아키야마는 알고 있었어?"

"아니, 나도 최근에 들었어."

"애초에 내가 안 것도 최근이니까."

여름방학 때 수영장에서 미즈하에게 고백을 받고 처음으로 의붓여동생이라는 걸 알게 됐다.

그 이후 노출광이라는 게 판명되고, 그 후로 계속 미즈하에게 놀라는 중이었다.

"그건 그렇고 미즈하도 의외로 대담하네. 노출벽이 있다는 것도 놀랍지만 심야에 케이키의 방에 잠입하다니."

"뭐, 미즈하도 술에 취했으니까. 날 덮쳤던 것도 전혀 기억 못 하는 것 같고."

미즈하의 침실 습격 사건은 초콜릿 봉봉이 일으킨 사고라고 생각하고 있다.

아니, 알코올 탓으로 해두고 싶다는 게 케이키의 본심이었다.

(미즈하가 맨정신인 상태로 밤에 침대로 숨어든 거라면 나의 정조가 매일 위험하다는 뜻이니까…….)

이 정조는 미래의 연인에게 바치겠다고 결심했다. 그러니 여동생에게 빼앗길 수는 없었다.

케이키가 그런 결의를 굳히고 있을 때, 손을 계속 움직이며 마오가 입을 열었다.

"실제로 정말 미즈하와는 아무 일도 없었어?"

"아무 일도 없었다니까."

"흐음……즉 키류는 아직 동정이라는 거네."

"시끄러워. ……그것보다, 난죠는 아까부터 뭘 그리는 거야?"

"방과 후 교실에서 정답게 이야기를 주고받는 너희 두 사람을 데생하고 있는데? 볼래?"

"아니, 필요 없어."

"그러지 말고 한 번 봐. 자, 어서."

"으악, 잠깐, 그렇게 억지로……."

자리에서 일어난 마오가 보여준 스케치북에는 어린아이들에게는 차마 보여줄 수 없는 진한 에로스의 세계가 펼쳐지고 있었다.

구체적으로는 전라로 벗겨진 케이키가 웃는 얼굴의 쇼마에게 격렬하게 엉덩이를 뚫리고 있었다.

"뭐가 '이야기를 주고받는 두 사람의 데생'이라는 거야? 전력을 다해 합체하고 있잖아."

"정답게 육체로 이야기를 주고받고 있잖아."

"시끄러워."

무슨 죄를 지었기에 친구의 남성기로 관통되는 자신의 모습을 보지 않으면 안 되는 거지?

계속 저항하면서도 어딘가 기쁜 듯 육봉을 받아들이는 자신의 모습에 현기증이 났다.

"그러고 보니, 왜 늘 내가 '수'인 거야? 내가 그런 이미지야?"

"뭐야, 키류는 공격하는 걸 더 좋아해?"

"그런 의미가 아니잖아."

미묘한 표정을 짓는 케이키에 반해 쇼마는 흥미진진하게 마오의 그림을 바라보고 있었다.

"말로는 들었지만 마오는 정말 그림을 잘 그리는구나. 묘하게 리얼하다고나 할까, 픽션이라는 걸 알고 있는데도 왠지

21

엉덩이가 간지러운 것 같아."

"응?! 아, 아키야마?! 지금 그 대사 한 번만 더! 그 멋진 대사를 원 모어 플리즈!"

"엉덩이가 간지러운 것 같아?"

"으하아아아아앗?! 최고의 대사가 나왔어! 정말 감사합니다! 엉덩이가 간지럽다니 엄청난 상상을 불러일으키고 있어!"

"안 되겠어, 이 녀석. 빨리 어떻게든 하지 않으면……."

동급생 남자아이의 '엉덩이가 간질간질'이라는 발언에 몸부림치는 여고생이 여기 있었다.

"난죠는 조금 더 욕망을 억누르는 편이 좋을 거라고 생각해."

"흥, 시스터 콤플렉스인 키류에게 그런 말 듣고 싶지 않거든."

얼굴을 홱 돌려버리는 마오.

"애초에 키류는 정말 너무하다고 생각해. 합숙날 밤에도 내가 그렇게 노력했는데 넌ㅡ."

거기까지 말을 꺼내고 깜짝 놀란 듯 마오가 입을 다물었다.

"……미안. 아무것도 아니니까 잊어줘."

"그건 괜찮은데……왠지 난죠, 화난 것 같은데?"

"딱히. 키류가 내 용기를 짓밟아버렸다거나, 미즈하가 의붓여동생이라던가, 그런 건 전혀, 요만큼도 신경 안 쓰이거든."

"아, 그래……?"

신경 쓰지 않는다는 말과는 정반대로 말투가 어딘가 거칠었다.

어쩌면 '여자의 그날'일시노 모른나는, 잉퐁하고 섬세히지 못한 납득을 하고 있는데 자리로 돌아간 마오가 자신의 가방을 손에 들었다.

"난 원고 작업이 있어서 이만 가볼게."

"서예부는?"

"오늘은 패스. 작업에 진척이 없어서, 내 방에서 작업하고 싶어."

"그래? 그럼 잘 가, 차 조심하고."

"어린애 취급하는 거야? 키류야말로 조심하는 게 좋을걸? 아마 지금부터 굉장히 귀찮은 일이 생길 테니까."

"귀찮은 일?"

"그럼 내일 보자~."

질문에는 답하지 않고 살랑살랑 손을 흔들며 빨간 머리의 동급생이 교실을 떠났다.

"귀찮은 일이라는 게 뭐지?"

"뭐, 왠지 상상은 가는데."

마오의 말의 진의를 알 수 없는 케이키는 고개를 갸웃거렸고, 앞으로의 전개를 눈치챈 쇼마는 쓴웃음을 지었다.

그때 바지 주머니에 넣어뒀던 케이키의 스마트폰이 짧게 진동했다.

바로 확인해보니 도착한 건 한 통의 새로운 메시지.

"누구야?"

"유이카. 사서 선생님께 서고 정리를 부탁받았는데 도와 달라고."

"그래? ……아무래도 먼저 움직인 건 코가인 것 같네."

"뭐?"

"아무것도 아니야. ……그럼 나도 슬슬 동아리실로 가볼까?"

"난 도서실로 가봐야겠다."

후배의 응원 요청에 '금방 갈게'라고 답장을 보낸 다음 테니스부 연습이 있는 쇼마와 함께 교실을 뒤로했다.

쇼마와 헤어진 후 도서실을 찾은 케이키는 안쪽에 있는 문 앞에서 걸음을 멈췄다.

"……서고라."

이 방에는 트라우마가 있었다.

유이카의 특수 성벽이 발각됐을 때 케이키는 이 서고에서 그녀가 벗어 던진 팬티를 입에 물고 있었다. 그 악몽 같은 체험은 몇 개월이 지난 지금도 잊을 수 없었다.

"……뭐, 역시 이제 그런 지독한 일은 당하지 않겠지."

뜻을 정하고 문을 열었다.

오래된 종이 냄새가 나는 그 방에서 부지런히 작업하던 유이카가 케이키를 보고 주인을 발견한 새끼 강아지처럼 달려왔다.

"케이키 선배, 와주셨네요."

"나도 도서위원 중 한 명이니까."

"그럼 갑작스럽지만, 그쪽 상자에 든 책을 좀 부탁드려도 될까요?"

"알았어."

케이키는 1학년 때부터 도서위원이었기 때문에 이런 업무에도 익숙해져 있었다.

책등에 붙여진 라벨 정보를 근거로 책을 적절한 책장에 넣었다.

"오오, 역시 선배. 일이 빠르네요."

"유이카도 도서위원 업무에 완전히 익숙해진 것 같은데."

"에헤헤, 케이키 선배가 가르쳐준 덕분이에요."

칭찬받은 유이카가 보여준 건 천사 같은 미소.

(……다행이다. 유이카, 이제 화나지 않는 모양이야.)

합숙에서의 사건 이후 돌아오는 기차 안에서도 사유키와 유이카의 기분은 풀리지 않았지만, 오늘의 태도는 평소와 다름없었다.

한때는 어떻게 될 줄 알았는데, 이 정도라면 걱정할 필요 없겠지.

작업을 개시하고 어느 정도 시간이 흘렀을 무렵, 유이카가 책을 책장에 채우면서 케이키에게로 힐끔 시선을 보냈다.

"저기…… 케이키 선배?"

"응—?"

"케이키 선배는 미즈하 선배를 어떻게 생각하세요?"

"어떻게 생각하냐니?"

"아니, 두 사람은 피가 섞이지 않았잖아요. 그래서 신경이 쓰여요. 케이키 선배가 미즈하 선배를 여자로서 의식하는 건가, 하고."

"뭐……?"

당돌한 질문에 책을 든 손이 멈췄다.

미즈하를 생각했을 때 머릿속에 떠오른 건 합숙날 밤에 본 그녀의 알몸—.

피가 섞이지 않은 여동생의 아름다운 피부를 떠올리며 뺨이 불에 타는 것처럼 뜨거워졌다.

"……케이키 선배? 얼굴이 새빨개요."

"아니, 아니, 이건 아니야!"

"뭐가 어떻게 아니라는 거예요……?"

유이카의 목소리에는 가시나무처럼 가시가 돋쳐 있었고 케이키를 바라보는 시선도 완전히 차가워져 있었다.

"……이건, 꾸물거리면 안 될 것 같네요."

불쑥 무언가를 중얼거리며 유이카는 교복 리본에 손을 올렸다.

녹색의 그것을 풀고 이어서 블라우스 단추를 3개 풀었다.

옷이 벌어지고 핑크색 속옷에 감싸인 작게 부푼 부분이

노출되었다.

"유이카?! 뭐 하는 거야?!"

"뭐냐니, 당연히 케이키 선배를 유혹하고 있는 거죠."

"아니, 유혹이라니……."

"케이키 선배를 노예로 만들겠다는 이야기, 유이카는 아
직 포기하지 않았어요. 그래서 주종계약을 주저하는 선배를
위해 호화로운 특전을 준비했죠."

"호화로운 특전?"

"선배가 노예가 되어준다면 유이카의 가슴을 할짝할짝 할
수 있는 권리를 줄게요."

"뭐……라고?"

건강한 남자라면 누구나가 한 번쯤 여자의 가슴을 핥는
망상을 한 적이 있을 것이다.

유이카의 가슴을 할짝거리는 권리는 그런 남자의 소망을
이뤄줄 꿈같은 특권이었다.

"하지만! 난 그런 유혹에 굴복하지 않을 거야!"

"그런 것치곤 시선이 유이카의 가슴에 고정되어 있는데요?"

"…………."

어쩔 수 없잖아. 남자니까.

여자의 부끄러운 모습을 앞에 두고 냉정하게 있을 수
없었다.

쩔쩔매고 있는 나를 보고 유이카가 킥, 하고 웃었다.

"선배는 유이카의 가슴을 정말 좋아하죠? 싫어하는 유이카를 침대에 쓰러뜨리고 끝없이 주물거릴 정도로."

"뭐? ……응? 잠깐만, 그게 무슨 말이야?"

"좀 무서웠지만 유이카에게 열중해준 건 기뻤어요."

"그러니까 무슨 이야기냐고?!"

"역시 기억 못 하시네요. 케이키 선배, 합숙날 밤에 술에 취해 유이카의 가슴을 만졌어요."

"뭐라고?!"

기억은 없지만, 초콜릿을 먹은 이후의 기억에 빈 곳이 있는 것도 확실했다.

차근차근 돌이켜보니, 싫어하는 후배의 가슴을 억지로 즐긴 것 같기도 했다.

"……지, 진짜야? 정말 내가 그런 치한 같은 짓을?"

"유이카가 적절한 기관에 호소했다면 케이키 선배는 체포됐을 거예요."

"진심으로 죄송했습니다아아아아아!"

궁지에 몰린 범인은 그 자리에 무릎을 꿇었다.

"그럼 어떻게 할까나? 유이카로서는 감옥에서 지내는 선배도 보고 싶은데."

"진짜 그건 좀 봐주십시오!"

"후후, 농담이에요. ……하지만 그 덕분에 자신감이 좀 붙었어요. 유이카의 작은 가슴에도 선배가 흥분해준다고."

뺨을 확 붉히며 머뭇거리는 후배.

절찬 정좌 중인 케이키 앞에 무릎을 꿇은 유이카가 촉촉한 눈동자로 바라보았다.

"……아니면, 역시 유이카의 가슴으로는 부족한가요?"

"아니, 오히려 역으로 배덕감이 들어서 흥분됩니다."

큰 가슴은 물론 최고지만, 성장 도중의 작게 흔들리는 가슴도 독특한 매력이 있어서 굉장히 훌륭하다고 생각한다.

그 증거로 지금도 유이카의 앞가슴에서 눈을 뗄 수 없는 상태고.

"선배가 유이카의 노예가 되어준다면 좀 더 굉장한 일도 허락할지 몰라요."

"좀 더 굉장한 일?!"

가슴을 할짝거리는 것보다 굉장한 일이 뭘까?

케이키의 머릿속에서 상상의 날개가 끝없이 펼쳐졌다.

"소원이라면 선배의 머리에 꾹꾹이도 해줄 수 있어요."

"아, 그걸로 충분해."

이야기를 정리해보자면, 유이카의 노예가 되면 그녀에게 봉사하는 보답으로 가슴을 마음대로 할 수 있는 권리를 준다는 거였다.

솔직히 가슴을 할짝할짝 할 수 있는 권리는 꽤 매력적이었지만……

"……미안. 역시 난 유이카의 노예가 될 수 없어."

케이키에게는 꿈이 있었다.

평범한 여자아이와 평범한 사랑을 한다는 소박한 꿈이.

유이카는 귀엽고 매력적인 여자아이라고 생각하지만, 노예가 되라는 그녀의 요구는 케이키의 이상과는 양립할 수 없는 곳에 있었다.

"……그런가요? 유이카가 이렇게까지 양보했는데 거절하는 건가요……? 부끄러운 걸 참으며 이렇게 서비스했는데……."

"유, 유이카……?"

바닥에 무릎을 꿇은 채 저주의 말을 중얼거리던 유이카가 느닷없이 피식 웃었다.

"여자에게 수치를 준 선배에게는 벌이 필요하겠죠?"

"뭐……?"

"에잇!"

"흐아아아아아아아아악?!"

방과 후 서고에서 남자의 비명이 울려 퍼졌다.

유이카가 내민 손으로 케이키의 머리를 붙잡고 자신의 가슴으로 끌어당겨 안았다.

그런 짓을 당하면 안면이 그녀의 봉긋한 가슴에 눌려버려서─.

(큰일이야……! 뭔가, 엄청 좋은 냄새가 나서……!!)

여자아이 특유의 달콤한 냄새와 소극적이면서도 부드러운 흉부의 봉긋함에 머리가 어지러웠다.

동시에 산소 입수경로가 차단되어 괜히 더 어지러웠다.

"저기, 잠깐, 괴로워……!!"

"하앗?! ……정말, 케이키 선배도 참. 그렇게 날뛰면 간지럽잖아요."

어딘가 즐거운 듯 그렇게 말하며, 저항하려는 케이키의 머리를 더욱더 강하게 끌어안았다.

당연히 가슴의 감촉이 보다 선명해졌지만 동시에 괴로움도 파워 업.

결과적으로 작은 가슴을 천천히 맛볼 여유는 주어지지 않았다.

"흐으으으으읍?!"

"하핫, 유이카의 가슴에 얼굴을 묻는 게 눈물 날 정도로 기쁜 거예요? 남자 주제에 한심한 얼굴을 하고…… 지금 선배, 엄청 귀여워요."

선배의 목숨을 위기에 처하게 해놓고 만족스럽게 미소 짓는 후배.

천사 같은 모습을 하고 있지만 속에는 여전히 도S의 악마가 있었다.

(……아아, 작은 가슴으로도 질식할 수 있구나…….)

사유키의 가슴 때문에 질식할 뻔한 적은 있었지만 설마 유이카 클래스의 가슴에 천국으로의 여행을 떠날 줄은 몰랐다.

케이키가 새로운 발견을 한 직후, TV 전원이 꺼지듯 툭

하고 의식이 끊어졌다.

정신을 차렸을 때, 케이키는 보건실 침대 위에 누워 있었다.

시각은 이미 오후 6시를 넘어가고 있었고 창문으로 오렌지 빛 석양이 들어오고 있었다.

"어머, 정신을 차렸네."

"사유키 선배?"

소리가 들리는 쪽으로 얼굴을 돌리자, 침대 옆 의자에 흑발의 상급생이 앉아 있었다.

"내가 왜 이런 곳에……."

"기억 안 나? 서고에서 쓰러져서 보건실로 실려 왔는데."

"아, 그렇구나……."

유이카의 '벌'로 의식을 잃은 것이었다.

케이키가 쓰러진 후 유이카는 도서실을 이용하고 있던 남학생 두 명에게 도움을 구해 여기까지 옮겼다고 한다. 이름도 모르는 협력자들에게 감사를 보낸다.

"어라, 그럼 사유키 선배는 어떻게 여기?"

"케이키가 보건실로 실려 가는 걸 봤거든. 대략의 사정은 코가에게 들었어. 여러 가지로 재난이었네."

"정말 그렇다니까요……. 그런데 유이카는 어디 있어요?"

"냉정을 되찾았을 때, 자신의 행동이 부끄러워졌는지 얼굴을 새빨갛게 붉히고 돌아가 버렸어."

"그게 뭐예요. 좀 보고 싶은데."

도S의 여자아이가 수치로 얼굴이 새빨개신 모습을 상상하자 꽤 흥분됐다.

부끄러워할 바에야 애초에 가슴을 벌리지 않으면 좋았을 텐데.

"그러고 보니 보건 선생님도 안 계시네요."

"케이키를 진찰한 다음 바로 가셨어. 오늘은 4살 연하 남친이랑 데이트가 있다면서."

"아아, 그렇군요……."

논평하기 힘든 개인정보에 힘겨워하고 있는데 의자 위에서 사유키가 뭔가 머뭇거리기 시작했다.

왠지 얼굴도 빨개지고, 눈동자도 뜨겁게 글썽거리고 있었다.

오늘은 그만큼 덥지도 않은데 컨디션이라도 안 좋은 건가?

"……저기, 케이키?"

"왜요?"

"케이키는, 저기…… 미즈하를 좋아해?"

"그거야 미즈하는 좋아하죠."

"윽?!"

"저의 경우엔 가족으로서의 의미지만요."

"뭐, 뭐야……그런 거였어?"

안심한 듯 '휴우'하고 한숨을 내쉬는 사유키.

"뭐, 하지만 아무리 여동생이라고 해도 그렇게 직접적

으로 좋아한다는 말을 계속 들으면 두근거리는 것도 사실이지만요."

"허억?!"

갑자기, 이상한 소리를 내지른 상급생이 가슴을 부여잡고 웅크렸다.

그리고 원망스러운 듯 침대 위의 후배를 바라보았다.

"……위로 띄워준 직후 끌어내리다니, 역시 미래의 주인님이야. 싫지 않아, 그런 건."

"아니, 무슨 말인지 의미를 잘 모르겠는데요……."

"하지만 한 가지는 확실해……. 역시 미즈하는 위험해."

"사유키 선배……?"

"아, 그렇지. 케이키에게 전해주고 싶은 게 있었어."

어둡게 흐려진 표정에서 180도 바뀌어 갑자기 미소를 짓던 사유키가 가방 안으로 손을 넣었다.

거기서 무언가를 꺼내고 케이키를 향해 내밀었다.

"자, 이거. 내가 케이키에게 주는 선물이야."

"이게 뭐예요……열쇠?"

받아든 그건 세밀한 세공이 되어 있는 작은 열쇠였다.

집 열쇠치고는 너무 작았고 자전거 열쇠라기에는 디자인이 너무 화려했다.

"……그건 말이지, 연상의 누나를 자유롭게 할 수 있는 마법의 열쇠야."

의미 불명의 말을 늘어놓으며 자리에서 일어난 사유키.

그녀는 양손으로 치마 끝을 잡고 주저 없이 걷어 올렸다.

"……응?"

눈을 돌리지도 못한 채 그녀의 속옷을 또렷하게 보고 말았다.

오늘 사유키의 속옷은 검은색 속바지였다.

아니— 속바지 형태를 한 수상한 물건이었다.

검은 가죽 같은 소재로 만들어진 속옷에는 지퍼 등 몇 개의 쇠장식이 붙어 있었고 상부에 작은 자물쇠가 달려 있었다.

아마 사용자가 스스로 풀 수 없게 하기 위한 거겠지.

어느 쪽이든 속바지라고 부르기에는 너무나도 개성적인 속옷이었다.

"사유키 선배…… 그건 뭔가요?"

"정조대야."

"정조대?!"

"여자가 남편이나 주인의 허가 없이 자위하거나 다른 남자에게 다리를 벌리지 않도록 하기 위한 도구지."

"그 정도는 알고 있지만, 설명이 너무 생생해요!"

지식은 있어도 평범하게 살아가면 일단 볼 수 없는 물건이었다.

실제로 케이키도 실물을 본 건 처음이었다.

"응?! 그럼 설마, 이 열쇠는……?"

"맞아. 그건 이 정조대를 푸는 데 필요한 열쇠. 나의 충성의 증거야."

"추, 충성……?"

"즉— 날 마음대로 할 수 있는 건 케이키뿐이라는 거지."

속삭이듯 말하며 그녀는 애가 탄다는 듯 치마를 벗어던졌다.

눈부신 다리를 드러내며 침대에 올라탄 사유키는 어리광 부리는 고양이처럼 후배에게 다가갔다.

"……사, 사유키……선배?"

"난 이걸 입은 채 계속 부실에서 네가 오기만을 기다렸어. 문자를 보내도 답장이 없고 날 애태우는 것 같아서…… 살짝 기분이 좋아졌어."

"변태!!"

"맞아, 난 변태야. 이렇게 부끄러운 걸 입고 케이키가 날 만지는 상상을 하는 것만으로도 참을 수 없게 되는걸……."

그 말대로 그녀의 눈동자는 촉촉해져 있었다.

발정해서 땀이 난 목덜미라든가, 달아오른 뺨이라든가. 뜨겁고 축축한 한숨이라든가, 그녀가 내뱉는 달콤한 향기에 이성이 녹아내릴 것 같았다.

"그러니까…… 응?"

속마음을 밝힌 사유키는 열쇠를 가진 케이키의 손을 붙잡고 자신의 하복부로 이끌었다.

"그 열쇠를 사용해서— 날 케이키의 소유물로 만들어줘."

″으아아아아아아아악?!"

달콤한 목소리로 늘어놓은 비정상적인 유혹에 머릿속이 끓어올랐다.

안 그래도 그 선정적인 모습에 곤란해하고 있는데, 그녀에게 끌려간 오른손이, 속옷 너머라고는 해도 여자의 중요한 부분을 만지고 있었다—.

(……정말……코피가 날 것 같아…….)

현실과 동떨어진 너무나도 자극적인 체험에 코피가 나올 것 같았다.

아니— 나왔다.

케이키의 코에서 새빨간 액체가 기세 좋게 분출되었다.

"꺄아아아악?! 주인니이이이이이이임?!"

사유키의 비명이 울려 퍼지는 보건실에서 다시 침대에 쓰러진 케이키는 코피를 흘리며 모든 것을 포기한 듯 눈을 감았다.

"……다녀왔어—."

"아, 오빠. 어서 와."

집으로 들어오는 케이키를 앞치마 차림의 미즈하가 맞이했다.

"밥부터 먹을래? 목욕부터 할래? 아니면……여 · 동 ·

생 · 부 · 터?"

"오늘은 목욕부터 할게."

"치잇…… 오빠가 너무 차가워."

앞가슴을 살짝살짝 드러내면서 내뱉은 고정 대사를 무시당한 미즈하가 볼을 부풀렸지만, 톡톡 머리를 쓰다듬어주자 바로 기분이 풀린 듯했다.

"그런데 오빠는 왜 체육복 차림이야?"

"이건……뭐, 여러 가지 일이 있어서."

정조대를 장착한 변태에게 습격당해 교복을 코피투성이로 만들어버렸기 때문이지만 역시 미즈하에게는 알려줄 수 없었다.

적당히 둘러대면서 구두를 벗고 옷을 갈아입기 위해 자기 방으로 향하다, 여동생이 빤히 오빠를 바라보고 있는 걸 눈치챘다.

"미즈하? 왜 그래?"

"아, 아니. ……아무것도 아니야."

매정하게 대답하고 그녀는 서둘러 거실 쪽으로 가버렸다.

"?"

여동생의 모습에 고개를 갸웃거리며 자신의 방으로 돌아온 케이키는 갈아입을 옷을 들고 탈의실로 향했다.

체육복을 벗어 던지고 욕실에서 머리와 몸을 씻은 다음 욕조에 몸을 담갔다.

"……하아, 오늘은 정말 지쳤어…… 또 유이카에게 질식당하고……사유키 신배도, 아무리 그래도 정조대는 아니잖아, 정조대는……."

그런 건 여고생이 입어도 되는 아이템이 아니었다.

물론 정조대 열쇠도 반환을 끝냈다.

"그 두 사람이 폭주한 건 역시 미즈하가 원인이겠지……."

사유키와 유이카 두 사람은 아무래도 미즈하를 의식하는 것 같았다.

케이키와 미즈하의 관계를 신경 쓰고 있는 듯 말한 게 그 증거였다.

미즈하가 의붓여동생이라는 사실은 그렇다 쳐도, 그녀가 오빠에게 연애감정을 품고 있다는 걸 전한 건 실수였을시도 모르겠다.

사유키는 케이키가 주인님이 되어주길 바라고 유이카는 노예로 만들고 싶어 했다.

그 야망을 이루기 위해, 케이키와 미즈하가 달라붙어 있는 건 곤란한 거겠지.

그렇기 때문에 초조해진 그녀들은 그런 강경수단을 쓰게 된 거고…….

"……우와, 또 코피가 날 것 같아……."

유이카와 사유키의 자극적인 모습을 떠올린 순간 코를 붙잡았다.

이 이상의 출혈은 목숨에 지장이 있으므로 사유키와 유이카의 섹시한 모습을 필사적으로 머릿속에서 쫓아냈다.

"……응?"

그때, 탈의실 쪽에서 뭔가 주섬주섬하는 소리가 들렸다.

미즈하가 세면대라도 쓰고 있는 건가, 하고 생각하고 있는데 갑자기 욕실 문이 열리며,

"실례하겠습니다."

오빠의 방을 방문했을 때처럼 거리낌 없이 알몸의 여동생이 들어왔다.

손에 든 핸드타월로 대충 가슴과 배를 가리고 있었지만 거의 의미는 없었다.

"잠깐, 미즈하?! 뭐 하는 거야?!"

"오빠랑 같이 씻으려고."

"아니, 아니, 그러면 안 되잖아? 역시 같이 씻는 건 문제가 있다고!!"

"왜? 예전에는 같이 씻었는데."

"어릴 때 이야기잖아?! ……알몸을 자랑스럽게 내보이기 위해 온 거라면 바로 돌아갔으면 좋겠는데……."

"아니야. 그런 거라면 딱히 욕실이 아니라도 되니까."

"그럼 왜 하필이면 오늘 같이 씻겠다는 말을 꺼낸 거야?"

"……그게, 오빠에게서 여자 냄새가 났으니까. 어쩌면 서예부 누군가와 무슨 일이 있었던 건 아닌가 해서……."

확실히 오늘 유이카나 사유키와 밀착했었다.

모르는 사이에 그녀들의 냄새가 옮겨졌을지도 모른다.

"저기…… 그건 즉, 질투한다는 뜻이야?"

"……응."

가볍게 고개를 끄덕이는 여동생이 귀여웠다. 이 녀석이 변태가 아니었다면 아내로 삼고 싶을 정도로 귀여웠다.

"딱히 미즈하가 걱정할 만한 일은 없었어."

"그래?"

"해프닝이라든가 사고는 있었지만. 오히려 이 상황이 해프닝에다 사고라고 할 수 있지…… 오해가 풀렸으면 이만 나가주지 않을래?"

"하지만 이미 알몸이 됐고. 몸이 차가워졌는데."

"알았어. 그럼 내가 나갈 테니까 미즈하는 혼자 편하게 씻고 나와."

평정을 가장하고 있었지만, 알몸의 여자아이를 앞에 두고 이성을 유지하는 건 이미 한계였다.

들고 들어온 핸드타월을 허리에 감고 욕조에서 나왔다.

"아, 오빠……저기, 거품이—."

"뭐? ……으아악?!"

몸을 씻을 때 썼던 바디샴푸 거품이 남은 거겠지.

말할 것까지도 없이 바디샴푸는 굉장히 미끄러웠다. 욕실을 나가려던 케이키는 바닥에 남은 거품에 발이 미끄러져

만화처럼 엉덩방아를 찧었다.

"아야야······."

"오빠, 괜찮아?"

"그래, 그럭저럭······."

부딪친 엉덩이를 문지르면서 일어났다.

그때, 허리에 감고 있던 수건이 풀어졌고 팔랑거리며 바닥에 떨어졌다.

"······."

"······."

여동생 앞에서 아들이 안녕 하고 인사를.

뜻하지 않게 시를 한 구절 읊고 말았지만, 물론 그럴 때가 아니었다.

뺨을 화악 붉게 물들인 미즈하가 부끄러운 듯, 하지만 꼼꼼하게 오빠의 다리 사이를 확인하고 무언가가 떠오른 듯 입을 열었다.

"아, 저기, 그러니까······잘 먹었습니다?"

"으아아아아아아아아아아아아아아아아아아아악!!"

그건 9월 상순 어느 날 밤에 일어난 일.

어떤 주택가의 단독주택에서 남자아이의 비명이 울려 퍼졌다.

◇

　케이키는 꿈을 꾸고 있었다.

　염원이 이루어져 드디어 생긴 여자친구와 공원 데이트를 하는 꿈이었다.

　왜 꿈이라는 걸 알게 됐느냐 하면, 상대 여자아이의 뺨에 커다랗게 '엑스트라'라고 쓰여 있었기 때문이다. 뺨에 이름을 써넣은 여자아이와 데이트를 하는 상황, 현실일 리가 없지. 게다가 엑스트라라는 이름도 있을 수 없는 이름이었다.

　평범하고 단정한 얼굴, 윤기 있는 짧은 머리에 가슴도 꽤 크고 아름다운 목소리를 갖고 있는데 이름은 엑스트라.

　하지만 여자는 이름이 전부가 아니다. 엑스트라는 상냥한 여자아이였다.

　하굣길에 들른 공원에서 나란히 벤치에 앉아 케이키가 벌벌 떨면서 손을 잡자 엑스트라는 겸연쩍어하면서도 미소를 지었다.

　"키류…… 난, 네가 정말 좋아."

　"엑스트라…… 나도 널 사랑해."

　사귀는 남녀가 해 질 녘 공원에서 단둘이.

　자연스럽게 좋은 분위기가 만들어지고 서로의 얼굴이 서서히 다가왔다.

　"—거기까지다!"

행복한 커플의 시간에 찬물을 끼얹은 범인은 사유키였다.

그녀의 등 뒤로 유이카와 마오와 미즈하의 모습도 보였고 서예부 멤버가 다 모여 있었다.

"저기⋯⋯다들 모여서 무슨 일이에요?"

"물론, 케이키의 연애를 방해하러 왔지."

"지금 당장 돌아가세요."

"물론 사양하겠어! ─전원, 케이키를 확보해!"

""""라져!""""

부장의 지시에 여자부원들이 일제히 케이키에게 모여들었다.

"응? 저기, 잠깐?! ─으아아아아아아아아아아아아아아아아아아아아악?!"

"나처럼 귀여운 펫이 있으면서, 다른 여자아이에게 눈을 돌리는 건 나쁜 거야."

"주인님인 유이카를 무시하고 여자친구를 만들다니, 벌이 필요하겠네요."

"귀여운 여동생이 있는데 바람을 피우다니, 그런 오빠에겐 밥을 안 줄 거야."

"키류는 역시 남자와 붙어 있어야 해!"

각자 제멋대로 말을 내뱉고 케이키에게 벌이라는 명목의 벌칙을 집행했다.

사유키의 큰 가슴에 질식할 뻔하고, 유이카가 벗어놓은 팬티를 머리에 뒤집어쓰고, 옷을 벗은 여동생에게 끌어안기고, 난죠에게 바지가 벗겨지는 아비규환의 상태.

그걸 목격한 엑스트라는 당연히 분노했다.

"잠깐, 키류?! 이 아이들은 대체 뭐야?!"

"이 녀석들은 같은 서예부 부원들이야!"

"변명 따위 듣고 싶지 않아! 우린 이제 끝이야! 잘 있어!"

부들부들 어깨를 떨며 엑스트라가 그곳을 떠났다.

"기다려줘!! 오해야, 엑스트라!!"

손을 뻗은 순간 꿈은 무자비하게도 끝을 고했다──.

"기다려줘, 엑스트라아아아아아아아아!! ······응? 어라?!"

현실로 돌아왔을 때 그곳은 2학년 B반의 교실이었다.

온 힘을 기울여 고전 수업을 듣는 중이었다.

교실 중심에서 사랑을 외친 용사는 물론 선생님께 혼이 났다.

같은 반 친구들에게 '잠자는 왕자'라는 호칭을 부여받으며 맞이한 방과 후.

어제 있었던 일 때문에 서예부로 갈 마음이 들지 않았던 케이키는 중앙정원 벤치에 앉아 인생에 대해 생각하고 있었다.

"······하아, 이대로라면 내 몸이 버티지 못할 거야."

아직 화요일인데, 이미 일주일 분량의 피로가 쌓인 것 같은 기분이었다.

　일러스트 안에서 꽃미남에게 엉덩이를 뚫리고, 후배의 작은 가슴에 질식할 뻔하고, 선배가 정조대를 차고 다가오고, 입욕 중에 여동생이 알몸으로 난입하고.

　이것들은 전부 단 하루 사이에 일어난 일이었다.

　변태 소녀들 때문에 풍기문란이 한계에 다다른 상태였다.

　"……이래서야, 평범한 사랑을 하는 건 덧없는 꿈이 될 거야."

　러브레터 발신인은 찾아냈지만 염원하던 연인을 손에 넣지 못했다.

　신데렐라의 정체는 노출광 변태에, 주위 여자들도 빠짐없이 변태들뿐이었고 케이키의 스쿨 라이프에 연애요소가 끼어들 여지는 없었다.

　"게다가, 아까 그 꿈의 내용……."

　수업 중에 꾼 꿈을 떠올려보았다.

　모처럼 염원하던 연인이 생겼는데 변태 소녀들 때문에 파국으로 치닫는다는 비극적인 스토리였다.

　만약 앞으로 케이키에게 이상형인 이성이 나타난다고 해보자.

　그리고 순조롭게 그 아이와 연인 사이가 되었다고 가정해 보는 거야.

그때 서예부 여자들은 솔직하게 케이키를 포기할까?

대답은 NO였다. 연인이 생긴 것 정도로 그녀늘이 포기할 거라고는 생각할 수 없었다.

꿈속 그녀들이 그렇게 한 것처럼, 케이키의 연애를 방해할 거라는 건 확실한 일.

그렇게 되면 꿈에서 본 엑스트라처럼 그 연인도 케이키에게서 떠나겠지.

"즉…… 서예부 모두를 어떻게든 하지 않으면 난 연애를 할 수 없다는 뜻인가?"

고찰 끝에 다다른 결론에 핏기가 가셨다.

"나의 청춘이 꽉 막혀버렸잖아?!"

러브레터에서 시작된 이야기가 이런 전개를 맞이할 줄은, 그거야말로 꿈에도 생각하지 못했다.

변태로 물든 절망적인 미래에 자신도 모르게 한숨이 새어나왔다.

"……키류 선배 주제에 한숨을 쉬다니, 무슨 일이에요?"

"응?"

늠름한 목소리에 고개를 들자, 눈에 익은 여학생이 서 있었다.

교복 리본은 1학년을 나타내는 녹색.

황갈색 머리를 양 갈래로 묶은 기가 세 보이는 눈이 인상적인 그녀의 이름은 나가세 아이리.

학생회에서 회계를 맡은 여자 후배였다.

"누군가 했더니 나가세잖아."

"흥, 스스럼없이 부르지 마세요. 불쾌하거든요."

"자기가 먼저 말을 걸었으면서?! ……내가 뭔가 널 화나게 할 만한 짓이라도 했어?"

"잊으셨어요? 얼마 전, 부실 건물에서 저에게 성희롱했잖아요."

"성희롱…… 설마, 나가세의 머리를 쓰다듬은 것 말이야?"

아이리는 덩치가 큰 남자를 싫어하는 것 같았고, 남자 선배가 무단으로 머리를 쓰다듬는 게 마음에 들지 않았던 듯 케이키를 향해 선전포고를 해왔다.

"그 굴욕은 잊을 수 없어요. ……아니, 솔직하게 말하자면 잊고 있었는데 중앙정원에 있는 선배를 보고 그때의 분노가 떠올랐어요."

"그대로 잊어주면 좋았을 텐데."

"사실은 드롭킥이라도 해주려고 했는데 뭔가 한숨을 쉬고 있는 것 같길래."

"혹시 걱정해준 거야?"

"바보 아니에요? 그럴 리가 없잖아요. 그런 한심한 얼굴로 거기 있으면 민폐라고요. 우울해 할 거면 집에서 하길 부탁드릴게요."

"여전히 신랄하네……."

"아, 혹시 서예부 여자들에게 버림받았어요? 그렇다면 개인적으로 굉장히 행복한 소식일 것 같은데."

"애초에 누구와도 사귄 적 없거든."

남자를 싫어하는 아이리는 케이키에게 가차 없었다.

아무래도 그녀 안에서 '키류 케이키=서예부를 하렘으로 만든 난봉꾼 녀석'이라는 도식이 성립된 듯, 그 오해가 신랄한 태도에 박차를 가하는 것 같았다.

"……혹시 뭔가 고민이라도 있어요?"

"뭐?"

"그 나이에 난청이에요? 뭔가 곤란한 일이라도 있는지 묻고 있잖아요."

"그건, 곤란한 일이 있으면 이야기를 들어주겠다는 뜻이야?"

"오, 오해하지 마세요! 본의는 아니지만, 학생의 고민을 들어주는 것도 학생회 임원의 일이니까요. 그러니까 어쩔 수 없이 돌봐주겠다는 말이에요."

본보기가 될 만한 츤데레를 보여주며 아이리가 휙 고개를 돌려버렸다.

태도는 과격하지만, 마음씨는 상냥한 여자아이였다.

"그럼 좀 들어주겠어? ……아, 그전에 좀 앉는 게 어때?"

"그래요. 그렇게 할게요."

그렇게 말하며 아이리도 벤치에 앉았다.

다만 그녀가 앉은 곳은 케이키에게서 가장 거리가 먼 벤치 가장자리였다.

"……저기, 나가세? 너무 멀지 않아?"

"그런가요? 적절한 거리라고 생각하는데."

겉치레로도 친한 사이라고는 할 수 없었기 때문에 바로 옆에 앉는 것도 곤란하지만 이런 것도 노골적으로 마음의 거리를 주장하는 것 같아서 안타까워졌다.

"그래서, 키류 선배의 고민은 뭔가요?"

"아, 실은 요즘 서예부 여학생들에게 너무 열렬한 어택을 받고 있어서 좀 곤란한 상황이야."

"갑자기 자랑하는 거예요?! 너무 파렴치하군요!"

상담을 개시한 지 불과 몇 초 만에 들어주던 사람이 화를 냈다.

여학생들에게 열렬히 어택을 받고 있어 곤란한 상급생에게 머리를 양 갈래로 묶은 후배가 쌀쌀맞은 시선을 던졌다.

"……키류 선배는 역시 하렘의 주인이었군요."

"나가세가 상상하는 것과는 다르지만 정말 곤란한 상태야."

"글쎄요. 정말 싫다면 저항하면 되잖아요. 수세에 몰리면 아무리 시간이 지나도 상황은 개선되지 않을 거예요."

"……나가세, 지금 뭐라고 했어."

"수세에 몰린 채로는 사태가 개선되지 않는다고 했어요. 현재 상황에 불만이 있다면 개선하기 위한 노력을 해야 한다고요."

"……."

미래에 절망하고 있던 케이키에게, 그건 벼락을 맞은 것 같은 충격이었다.

감동한 나머지 자신도 모르게 후배의 손을 꽉 붙잡고 말 징도였다.

"나가세!"

"뭐, 뭐예요?"

"고마워! 난 너라는 여신에게 구원받았어!"

"네? 네에?"

갑자기 감사인사를 받아 뭐가 뭔지 모르겠다는 모습으로 당황하는 아이리.

"……뭐가 뭔지 잘 모르겠지만 일단 손을 놓아주시겠어요? 성희롱으로 고소할까요?"

"그래, 이건 실례."

"갑자기 여자의 손을 붙잡다니, 역시 선배는 위험인물이 에요. ……나중에 소독해야겠네."

너무 가혹한 말이었지만 지금은 그녀의 독설도 신경 쓰이 지 않았다.

"정말 고마워. 나가세 덕분에 망설임이 사라졌어."

"그런가요? 그거 다행이네요."

쌀쌀맞은 말투로 대답하고 얼굴을 홱 돌려버리는 아이리.

"……그래도 착각하지 마세요. 당신을 용서한 것도 아니고 나에게 키류 선배는 영원한 적이니까요— 뭐야, 없잖아?!"

그녀가 시선을 돌렸을 때 길을 잃은 어린 양의 모습은 어디에도 없었다.

"인사도 없이 사라지다니, 실례잖아요!! 이러니까 남자들은!"

분노에 가득 차 입버릇이 된 상투적인 말을 외치는 나가세.

그녀의 케이키에 대한 안 그래도 낮은 호감도가 더욱더 떨어진 순간이었다.

학교 건물 안으로 들어온 케이키는 설레는 마음을 억누르지 못한 채 부실로 달려갔다.

기분이 고양된 건, 아이리의 조언 덕분에 번뜩인 아이디어가 굉장히 멋진 것이었기 때문.

"……맞아. 왜 지금까지 그런 발상에 이르지 못했던 거지?"

수세에 몰려있으면 상황은 개선되지 않는다고 아이리는 말했다.

어떤 스포츠도 수비만 하고 있으면 이길 수 없듯이, 무언가를 손에 넣기 위해선 스스로 움직여야 했다.

현 상황에서, 케이키가 가슴에 품고 있는 바람은 두 가지였다.

하나는 귀여운 여자친구를 만나 청춘을 구가하는 것.

또 하나는 변태 소녀들에게 빼앗긴 평온한 스쿨 라이프를 되찾는 것.

(그걸 위해 난 내가 할 수 있는 걸 할 거야!)

건물을 달려 목적지에 도달한 케이키는, 아직 가라앉지 않은 흥분된 마음에 이끌린 채 힘차게 문을 열었다.

"이리 오너라—!"

그렇게 발을 내디딘 부실에는 멤버가 모두 모여 있었다.

사이좋게 테이블을 둘러싸고 각자 정 위치에 앉아 유유자적하고 있던 그녀들은 갑자기 난입한 남자부원에게 수상쩍은 시선을 보냈다.

"케이키, 왜 그래? 뭔가 안 좋은 거라도 먹었어?"

"머리라도 부딪친 거예요?"

"남자에게 고백이라도 받았어?"

"오빠, 컨디션 안 좋으면 무릎베개해줄까?"

제각기 내뱉은 걱정스런 말에는 대답하지 않고 케이키는 부실 한가운데로 나아갔다.

"오늘은 모두에게 중요한 할 말이 있어—."

다시 떠올린 건 합숙날 밤, 별이 총총한 하늘 아래에서 마오와 이야기를 했을 때의 일.

그때 케이키는 서예부 모두가 평범한 여자아이가 된 미래를 상상했다.

동경하던 선배가, 솔직하고 귀여운 후배가, 사이좋은 동급생이, 배려심이 있는 여동생이, 특수한 기호를 가진 그녀들이 만약 평범한 여자아이가 된다면 이렇게 될지 생각해봤다.

생각해보고 바로 '그런 미래는 찾아오지 않아'라고 결론지었었다.

중증 변태인 그녀들이 제대로 된 여자아이가 될 리가 없다고 생각했으니까.

하지만 아이리의 말에, 아무런 노력도 하지 않고 포기하는 건 어리석은 일이라는 걸 깨달았다.

"난 날 둘러싸고 있는 서예부의 현 상황에 이의를 제기하고 싶어요! 노예로 만들고 싶다거나, 펫이 되고 싶다거나, BL 책의 모델로 쓰고 싶다거나, 알몸을 과시하고 싶다거나— 몹시 평범하지 않은 이 상황을 바꾸고 싶습니다!"

지금까지는 변태 소녀들에게 농락당하기만 했지만 이번에는 이쪽이 공격할 차례.

혁명의 횃불이 오르고 케이키는 자신의 결의를 드높이 선언했다.

"그래서 난 모두를 평범한 여자아이로 변신시킬 생각입니다! **노리자, 탈(脫)·변태!**"

""""……뭐?""""

이것이야말로 불만투성이인 현 상황을 개선하기 위한

비책.

서예부 여자 전원의 특수 성벽을 교정하고 참사람으로 만들기 위한 갱생 프로그램 '탈·변태 계획'은 이렇게 시동을 걸었다.

탈·변태 선언 다음 날, 수요일 날씨는 아침부터 쾌청했다.

방 창문으로 보이는 상쾌한 하늘과는 정반대로 어딘가 마음이 진정되지 않는 건 오늘부터 새로운 미션이 시작되기 때문이겠지.

케이키가 내건 '탈·변태 계획'의 목적은 서예부 여학생 전원을 참사람으로 길러내는 것.

그걸 위해 각자 일그러진 성벽을 교정하는 것이었다.

교복으로 갈아입은 후, 갑자기 시야에 들어온 건 책장 위에 놓인 사진.

합숙하러 갔을 때, 사복 차림의 여학생 4명과 눈부신 모래 사장 위에서 찍은 것이었다.

"……이렇게 보면 다들 평범하게 귀여운데."

변태만 아니라면 그녀들은 전부 매력적인 여자아이들이었다.

도M이라고 발각되기 전의 사유키는 동경하던 선배였고, 도S가 아닌 유이카는 좋게 말해서 천사였고, 부녀자만 아니라면 마오는 가장 허물없는 여자아이였고, 노출 취미를 봉인한 미즈하는 여성스러움이 MAX인 이상적인 여동생이었다.

그녀들을 갱생시킬 수 있다면 케이키의 일상은 평화를 되찾을 것이다.

BL 만화 모델을 하지 않아도 되고 입에 팬티를 넣을 걱정도 없다.

만약 케이키에게 연인이 생긴다고 해도 방해를 하는 일도 없겠지.

그건 모두가 행복해질 최고의 플랜이라고 생각했다.

"문제는 성벽 교정이 만만찮다는 것인데……."

주의를 주는 것 정도로 나을 변태라면 고생도 하지 않겠지.

필요한 건 4명의 변태 신데렐라를 매력적인 여주인공으로 바꿔줄 마법.

그것도 엄청나게 강력한 마법이 아니면 안 된다.

12시가 되면 풀리고 마는 겉만 그럴듯한 변신 마법으로는 의미가 없었다.

"왕자님 다음은 신데렐라를 변신시키는 마법사인 건가."

왕자 역할은 격에 맞지 않았기 때문에 마음이 편하다고 한다면 편하겠지만 이번 계획은 팬티의 주인을 찾는 것 이상으로 고난일지도 모른다.

정말 모두를 평범한 여자아이로 변신시키는 게 가능한지 의심스러웠다.

그래도 도전해보지 않으면 역시 아무것도 바뀌지 않으니까.

"귀여운 여자친구와 장밋빛 고교 생활을 보내기 위해서라도 반드시 '탈·변태 계획'을 성공시켜보겠어! ……이런, 슬슬 나갈 시간이네."

모든 것은 이상형인 연인과 평범하고 멋진 사랑을 하기 위해.

기합을 넣은 신입 마법사는 등교를 위해 자신의 방을 뒤로 했다.

◇

평소처럼 미즈하와 집을 나온 후 통학로를 걸어가면서 케이키는 이야기를 꺼냈다.

"그러니까 우선 미즈하부터 시작하려고."

"무슨 말이야?"

"어제 부실에서 말했잖아. 서예부 모두를 참사람으로 만들겠다고."

"뭐? 그게 진심이었어?"

"뭐, 다들 흥미가 없는 것 같은 느낌이었으니……."

케이키가 주장했던 '탈·변태 계획'에 대한 부원들의 반응은 실로 차가웠다.

제각기 '그렇구나'라든가 '힘내'라든가, 적당한 대답을 하며 회견은 종료.

그 이후에는 연습지나 원고용지를 마주하며 진지하게 동아리 활동을 시작했었다.

실제로 그녀들의 특수 성벽으로 피해를 보고 있는 건

케이크뿐이었고 4명에게는 변태를 고칠 이유가 없었기 때문에 그런 반응도 납득이 갔다.

"나로서는 오빠가 이쪽에 집중했으면 좋겠는데."

나란히 걸어가면서 노출광 여동생이 교복 옷깃 언저리를 손가락으로 잡아당겼다.

파스텔 그린의 브래지어와 가슴골이 살짝살짝 보였다.

미즈하는 얌전한 얼굴로 자신의 부끄러운 셀카를 찍어 모으는 변태 소녀였다.

"미즈하……여자가 스스로 남자에게 몸을 보여주는 건 오빠로서 좀 그렇다고 생각해."

"오빠는 속옷이 언뜻 보이는 건 싫어하는 쪽이야?"

"오히려 아주 좋아하지만 그런 건 여자아이가 부끄러워하는 표정과 세트가 됐을 때 비로소 모에 요소가 된다고 생각해. 상대가 보여주는 것보다 직접 보러 가고 싶어 하는, 그게 남자라는 생물이지."

"오오, 오빠가 무언가를 열렬히 이야기하기 시작했어."

"난 믿고 있어. 미즈하라면 그 노출벽을 고칠 수 있을 거라고."

"아…… 오빠에게는 미안하지만 그건 어려울 것 같은데."

"뭐?"

"난 오빠가 생각하는 만큼 착한 아이가 아니거든. 지금도—."

갑자기 걸음을 멈춘 미즈하가 치마 끝을 슬쩍 들어 올렸다.

드러난 그녀의 허벅지에는 원래 있어야 할 속옷 라인이 존재하지 않았다.

"이거 봐. 미즈하는 절찬 노팬티 중인 나쁜 아이라고."

"뭐 하는 거야?!"

"에헤헤. 오늘은 절호의 노팬티 날이라서 나도 모르게."

미즈하 왈, 그녀에게는 가끔 노팬티가 되고 싶은 날이 있다고 한다.

케이키가 러브레터를 발견한 날도 노팬티로 부실 청소를 하고 있었다고 하니, 그녀의 노출 취미는 굳건한 편이었다.

"일단 가방에 팬티는 들어 있지만"

"있으면 지금 당장 입어!"

"거절할게."

"왜?!"

"그런 기분이니까. 오늘은 이대로 등교해서 노팬티의 해방감과 배덕감을 즐길 예정이라 아무리 오빠의 부탁이라고 해도 쉽게 들어줄 순 없어."

"위험해, 이 녀석. 머리가 이상한 것 같아……."

최초의 조교 대상으로 여동생을 선택한 건 비교적 공략 난이도가 낮다고 생각했기 때문이었다.

속마음을 알고 있는 상대였고 솔직한 성격이라 교정도 하기 쉬울 거라고 예상했지만 너무 안일했다. 난이도가 낮다니, 당치도 않았다.

키류 미즈하는 오빠의 상상을 초월하는 변태였다.

"꼭 입었으면 좋겠다고 생각한다면 오빠가 입혀줘."

"뭐?"

여동생의 입에서 귀를 의심할 만한 대사가 튀어나왔다.

"오빠가 입혀준다면 노팬티 등교는 단념할게. 노팬티를 못 본 척할 건지, 억지로 팬티를 입힐 건지. ─오빠는 어떻게 하고 싶어?"

선택지는 둘 중 하나.

여동생에게 팬티를 입힐 것인지 말 것인지, 궁극의 난문.

하지만─ 오빠의 마음은 처음부터 정해져 있었다.

"그런 건 고민할 것도 없지! 설령 울며 싫어한다고 해도 난 미즈하에게 팬티를 입히겠어!"

귀여운 여동생을 노팬티인 채로 등교시킬 수는 없었다.

마음을 정한 케이키는 가장 가까운 공원의 큰 나무 그늘로 여동생을 데리고 갔다.

"……그럼 오빠, 부탁할게."

"……으, 으응."

건네받은 팬티를 손에 들고 꿀꺽 침을 삼켰다.

오늘 미즈하의 속옷은 그녀가 즐겨 입던 연한 파스텔 그린의 팬티.

공원 수풀 속에서 여동생의 팬티를 손에 들고 가만히 서 있는 오빠라니, 문자상으로도 그림상으로도 아웃이지만 이것도 사랑하는 여동생의 존엄을 지키기 위해서였다.

"……가, 간다."

"……응. ……와줘."

기대를 품은 눈동자로 바라보는 탓에 갈팡질팡하며 그녀 앞에서 몸을 구부렸다.

나무 기둥에 등을 대고 신발을 벗은 미즈하가 한쪽 발을 내밀었다.

양말로 감싸여 있던 여동생의 발에 오빠가 가만히 팬티를 통과시켰다.

벗기는 것보다 매니악하고 왠지 모르게 에로틱한 그 행위에 심장이 망가질 정도로 경종을 울렸다.

"자, 미즈하, 반대쪽 발도."

"으, 응……."

긴장하고 있었던 건지 날카로운 소리를 내며 미즈하가 지시에 따랐다.

좌우 다리를 통과시키고 미션은 다음 단계로 이행했다.

현재 팬티의 위치는 미즈하의 무릎 근처.

이대로 팬티를 들어 올려 원래 있어야 할 곳까지 이끌지 않으면 안 된다.

"……큭……으응……으읏……."

손가락이 피부에 닿을 때마다 미즈하가 달콤한 소리를 높였다.

부끄러움 때문인지 그녀의 얼굴은 새빨갛게 붉들어 있었고 피부에 살짝 땀이 난 게 생생함에 박차를 가하고 있었다.

(이 상황을 누군가가 본다면 사회적으로 매장되겠지…….)

밖에서 여동생에게 팬티를 입히고 있다는 비정상적인 상황에 정신이 아찔해졌다.

"윽…… ."

갑자기 팬티를 쥔 케이키의 손이 멈췄다.

위치는 마침 미즈하의 가랑이 아래쪽. 즉 그 위에는 치마가 있다는 뜻.

팬티를 입히려면 이 안으로 손을 넣어야 하는데…….

(미즈하는 지금 노팬티였지……?)

만에 하나 치마가 말려 올라가면 여자의 중요한 부분이 전부 공개될 것이다.

게다가 요즘 여고생의 치마는 깜짝 놀랄 정도로 짧고, 팔랑팔랑 나부끼는 얇은 소재라 조금이라도 손끝이 흔들리면 쉽게 말려 올라가 버릴 것 같았다.

"오빠…… 기브 업?"

"아니, 마지막까지 할 거야."

너무 시간을 지체하면 학교에 지각하고 만다.

단단히 결심하고 팬티를 들어 올렸다.

조금씩 신중하게 그녀의 치마 속에 손을 넣었다.

"아아…… 오빠의 손이 들어와…… 치마 속에서 꼼지락거리고 있어……."

"산만해지니까 조용히 좀 해줄래?!"

극한의 긴장감 속에 간신히 여동생에게 팬티를 입혔다.

"후후, 왠지 두근거렸지?"

"그러게……."

"오빠가 해주는 거…… 굉장히 기분 좋았어……."

"그 발언……."

개운한 모습으로 만족스럽게 미소 짓는 변태 여동생을 보며 한숨이 새어 나왔다.

"나…… 학교 가다가 대체 여기서 뭐 하고 있는 거지?"

변태 부원들을 갱생시킨다는 미션이었는데 웬일인지 노팬티인 소녀에게 팬티를 입혀주는 미션을 달성하고 말았다.

변태를 고쳐야 하는데 자신이 변태가 되면 어쩌자는 건가.

"……좋아, 미즈하의 조교는 뒤로 미뤄야겠어. 나의 HP가 못 버틸 것 같아."

귀여운 얼굴을 하고 변태 편차치가 높은 노출광인 여동생.

아침부터 너무 강한 정신적 공격을 받아 오빠의 마음은 이미 너덜너덜해져 있었다.

점심시간에 케이키는 사유키에게 문자를 보냈다.

할 말이 있으니 점심 식사를 함께하자는 내용의 문자였다.

바로 '알겠어. 부실에서 기다릴게'라는 답장이 날아왔고 케이키는 여동생이 만들어준 도시락을 들고 부실로 향했다.

부실 문을 열었을 때 의자에 앉아 있던 사유키가 작게 손을 들었다.

"어서 와. 일찍 왔네."

"사유키 선배도 일찍 왔네요."

"오늘은 수업이 일찍 끝났거든."

"그렇군요."

잡담을 나누며 그녀의 맞은편에 앉았다.

테이블 위에는 봉지에 든 달콤한 빵 하나와 팩 녹차가 놓여 있었다.

"선배, 오늘은 도시락이 아니네요."

"오늘 아침에 엄마가 늦잠을 자서. 학교 식당은 복잡하니까 아침에 편의점에서 단팥빵을 확보해뒀지."

"단팥빵이라니, 좀 더 괜찮은 건 없었어요? 크림빵이라 던가."

"뭐 어때? ……난 단팥빵이 좋아."

토라진 듯 말하며 빵에 입을 넣는 상급생.

작게 조금씩 빵을 베어 먹는 모습이 왠지 사랑스러웠다.

사유키는 교육을 잘 받은 모양인지 식사를 하는 동작이 세련되고 깔끔했다.

그런 그녀의 모습을 바라보면서 케이키도 도시락을 열어

식사를 시작했다.

요리에 까다로운 미즈하는 도시락에도 냉동식품 종류는 사용하지 않았다.

계란말이도 미니 햄버그도 전부 미즈하가 직접 만든 거였다.

"그 도시락, 미즈하가 만드는 거지?"

"맞아요. 매일 만들어줘서 고개를 들 수가 없다니까요."

"으음…… 역시 가사 스킬을 습득해야 하는 건가……?"

"적어도 계란프라이를 만들 수 있을 정도로는 배워두는 게 좋지 않을까요."

"그거 미안하네. 어차피 난 계란프라이를 스크램블 에그로 만들어버리는 여자라고."

그런 이야기를 나누면서 점심시간은 흘러, 사유키는 빵을 다 먹고 케이키도 도시락을 남김없이 먹어치운 후 젓가락을 내려놓았다.

"그래서, 나에게 할 말이라는 게 뭐야?"

"어제도 말했지만, 서예부 모두를 참사람으로 만들 거라는 이야기를 하려고요."

"뭐? 그게 진심이었어?"

"미즈하와 똑같은 반응이네요……."

"하지만 진지하게 말해서, 그건 좀 어렵지 않을까? 내가 이런 말 하는 것도 좀 그렇지만 나의 성벽은 뿌리가 깊은데."

"정말 본인이 할 말은 아닌 것 같네요."

"뭐, 하지만 케이키가 직접 조교 해준다면 나쁘지 않겠지. 나쁘지 않기는커녕 오히려 바라던 바였어. 알봄으로 벗겨서 밧줄로 묶거나 가슴에 뜨거운 밀랍을 뿌리거나 엉덩이를 채찍으로 때릴 거지?"

"그런 짓 안 할 거거든요?!"

"안 해? ……뭐야."

"왜 아쉬워하는 거예요?"

애초에 마조 체질을 고치기 위해 SM 플레이를 하는 건 본말전도였다.

완전히 목적이 행방불명되고 말았다.

"조교 플레이를 해주지 않을 거라면 미안하지만 거절할게. M이 아닌 난 상상할 수도 없고 나에게는 아무런 메리트도 없잖아."

"뭐, 그렇게 말할 줄 알았어요……."

"게다가 나에게도 꿈이 있어."

"꿈?"

"귀축인 주인님을 만나서 이상적인 펫 라이프를 보내는 거야."

"버리세요, 그런 꿈은."

사유키와의 교섭은 결렬되고 말았다.

예상했던 일이지만 역시 대화로 해결할 수 있는 문제는 아닌 것 같았다.

"하지만 케이키가 상을 주겠다면 생각을 해볼 수도 있어."

"안 좋은 예감밖에 안 들지만, 예를 들어 어떤 상을 바라시나요?"

"날 기쁘게 해주고 싶다면 눈을 가리고 하는 수갑 플레이를 추천해. 시야가 막힌 채 움직일 수 없다니, 최고로 흥분되니까. 케이키가 '우헤헤, 이 녀석 굉장한 가슴을 갖고 있군' 같은 말을 하면서 집요하게 몸을 괴롭힌다면 뭐든 시키는 대로 할 것 같아."

"정말 안 되겠어, 이 사람……."

사랑하는 소녀 같은 표정으로 최악의 망상을 하는 여고생이 여기 있었다.

"……잠깐만, 오히려 좀 더 격렬한 벌을 받기 위해 굳이 건방지게 반항해보는 것도 괜찮을지도? ……어, 어떻게 생각해?! 케이키는 어떻게 생각해?!"

"그냥 선배 마음대로 하는 게 좋을 것 같아요."

얼굴을 새빨갛게 물들이고 식식거리는 변태를 차가운 눈으로 바라보았다.

솔직히 구제할 길이 없는 이 상급생이 평범한 여자아이로 변신하는 비전이 전혀 보이지 않았다.

현 상황에서 토키하라 사유키의 갱생은 고난의 길이라고 판단할 수밖에 없었다.

HR시간이 끝나고 담임 선생님이 교실을 빠져나갔다.

기다리고 기다렸던 방과 후의 도래.

이번에야말로 성과를 올려야 하는 케이키로서는 바로 행동을 개시했다.

"그러면, 난죠는……응? 너무 빠른 거 아니야?!"

미오의 모습을 찾다가 시야에 들어온 건 타깃이 교실을 빠져나가는 순간이었다.

서둘러 가방을 움켜쥐고 빨간 머리의 동급생을 쫓아갔다.

"난죠! 잠깐만!"

"키류?"

계단 층계참에서 불러 세우자 마오가 걸음을 멈추고 뒤돌아보았다.

그 표정은 어딘가 불쾌해 보였다.

"왜? 나 바쁜데."

"어제 이야기 말이야. 서예부 모두를 갱생시키겠다는 이야기."

"뭐? 그게 진심이었어?"

"그건 이제 됐으니까."

역시 세 번째가 되면 소재적으로 신선도의 저하를 부정할 수 없었다.

"진지하게 들어줬으면 좋겠어. 난 난죠를 부녀자로부터 벗어나게 하고 싶어."

"무리야. 나에게 BL은 밥 같은 거니까. 섭취하지 않으면 죽어."

"죽는다고?!"

"정기적으로 BL책을 읽지 않으면 금단증상이 나타나거든."

"완전히 병이잖아."

"어쨌든 지금은 너랑 놀고 있을 시간이 없어. 오늘은 BL 소설 신간이 나오는 날이라 사러 가야하고 사면 바로 읽어야 해, 게다가 나의 신간 원고도 마감이 얼마 안 남았고."

"네 스케줄에는 BL밖에 없구나······."

BL을 사고, 읽고, 그리고. 난죠 마오의 일상은 BL 일색이었다.

"이제 됐지? 책이 다 팔리면 곤란하다니까."

"나랑 BL책, 어느 쪽이 더 중요해?!"

"BL책. 그럼 이만."

헤어짐은 순간이었다. 말 붙일 엄두도 낼 수 없었다.

"이걸로 세 사람 연속 실패인가······."

순조롭게 일이 진행될 거라고는 생각하지 않았지만, 이 정도로 일이 안 풀리니 역시 마음이 좋지 않았다.

마오가 떠나간 쪽을 바라보면서 자신도 모르게 한숨을 쉬고 말았다.

마오를 보낸 후 케이키는 중앙정원 벤치에서 셀프 반성회를

열고 있었다.

　"일단 변태를 상대로 설득은 통하지 않는다는 걸 알게 됐어."

　미즈하, 사유키, 마오 3명과 교섭을 해보았지만 전부 멋지게 전멸했다.

　애초에 그녀들은 갱생 프로그램에 비협조적이었다.

　구두로 아무리 '변태를 고치도록 해'라고 해도 들으려고 하지 않겠지.

　"이거, 장기전이 될 것 같은데⋯⋯."

　앞으로의 험한 여정을 생각하면 마음이 침울해지는 것 같았다.

　그렇다고 해도 그녀들에게 다양한 의미로 노려지고 있는 몸이다 보니 이대로 방치할 수도 없었다.

　"아직 시험해보지 않은 건 유이카지만 평범하게 부탁하면 거절하겠지⋯⋯."

　세 번의 실패를 통해, 정면으로 무너뜨리는 건 불가능하다는 건 이미 학습을 끝냈다.

　머리를 풀회전시켜 생각해봤지만 좀처럼 묘안이 떠오르지 않았다.

　도S의 후배를 갱생시키다니, 그거야말로 마법을 쓰지 않으면 불가능할 것 같은 기분조차 들었다.

　다시 한번 실감하는 이번 미션의 어려움에 오늘 몇 번째인지 모를 한숨이 새어나왔다.

"……우와, 또 한숨을 쉬고 있어."

"……아, 나가세였어?"

고개를 들자 어제와 같은 장소에 아이리가 서 있었다.

파일 케이스를 들고 있는 걸 보니 학생회 업무 도중일지도 모르겠다.

"고민은 해결한 거 아니었나요?"

"그쪽은 해결했는데 새로운 문제가 발생해서."

"그래요? 인생이 힘들어 보여서 완전 다행이네요."

조금도 웃지 않으며 솔직한 감상을 늘어놓는 나가세. 여전히 엄격했다.

"내가 대체 어떻게 해야 하는 걸까?"

"왜 내가 선배의 이야기를 들어주지 않으면 안 되는 거죠?"

"어제는 들어줬잖아."

"어제는 어제예요. 그런 서비스는 이제 두 번 다시 없을 거예요. 게다가 난 다음 주 구기대회 의견 조율이나 예산 조정으로 바쁘다고요."

"아, 올해도 슬슬 그런 시기인가……."

이 학교의 구기대회는 더위가 수그러드는 9월 중순에 열리게 되어 있었다.

10월에는 문화제도 있고 이 시기의 학생회는 굉장히 바쁘겠지.

"나가세도 힘들겠네. 그건 그렇고, 내 이야기 좀 들어줘!"

"거절할게요. ……일이 있으니까 전 이만 실례할게요."

"나에게 무턱대고 심술궂게 구는 여자애가 있는데 어떻게 하면 좋을까?"

"왜 그런 이야기를 하는 거예요?! 지금 가려고 했는데!"

가려던 걸음을 멈추고 성실하게 뒤돌아보는 트윈테일 소녀.

애초에 케이키의 이야기를 들을 생각이 없었다면 처음부터 무시하고 지나가면 좋았을 텐데.

그런데 아이리는 중앙정원에서 한숨을 내쉬는 상급생을 무시하지 못하고 말을 걸었다.

그녀는 확실히 남자를 싫어할지는 모르지만 역시 본성은 착한 아이였다.

"정말, 알았어요. 알았으니까 얼른 말해보세요."

내뱉듯이 말하며 벤치 가장자리에 앉는 아이리.

여전히 거리가 멀었지만, 오늘은 그만큼 충격이 느껴지지 않았다.

"뭐였죠? 심술궂게 구는 여자아이가 있다고 했죠?"

"그래, 그 아이는 나가세와 같은 1학년인데 좀 공주님 기질이 있는 녀석으로 날 부하로 삼고 싶어 해. 물론 난 거절했지만 좀처럼 포기하질 않고 일이 있을 때마다 심술궂은 짓을 당하게 되지."

일반 여자아이를 상대로 '도S'라던가 '노예'라는 단어는 내뱉을 수 없었기 때문에 부드러운 표현을 사용해서 설명했다.

"흐음? 왠지 키류 선배는 여자 이야기만 하는 것 같네요. ……역시 난봉꾼."

"아니거든."

난봉꾼은커녕 아직 신상이라고.

"심술궂게 군다고 했는데 구체적으로 어떤 일을 당했나요?"

"음— 과거에 두 번 정도 질식당한 적이 있어."

"그건 사건이잖아요?! 심술궂은 레벨이 아닌 것 같은데!"

역시 흉기가 팬티였다거나 자그마한 가슴이었다는 건 숨겼지만 그래도 아이리에게는 충격적인 모양이었다.

"그래서 그 아이가 날 포기해줬으면 좋겠는데 어떻게 하면 될까?"

"으—음…… 그 아이는 키류 선배에게만 그런 짓을 하는 건가요?"

"그런 것 같아."

유이카가 케이키나 서예부 부원들이 아닌 다른 사람들 앞에서 S모드가 된 적은 없었을 것이다.

"그건 그 아이 나름대로 애정표현 아닐까요?"

"애정표현?"

"그 아이는 아마 당신이 신경 써주길 바라서 어리광부리고 있을 거예요. 사람이 누군가에게 어리광을 부린다는 건 외로움의 표현이거든요. 어쩌면 애정에 굶주려 있을지도 몰라요."

"……."

아이리의 말에 짐작이 가는 단락이 있었다.

그건 이전, 유이카 본인에게 들은 이야기.

그녀가 아직 초등학생일 무렵, 사랑하던 할머니가 돌아가신 게 원인이 되어 마음의 문을 닫은 유이카는 고등학교에 진학할 때까지 친구도 만들지 않고 외롭게 보냈다고 했다.

그래서 도서실에서 케이키가 말을 걸어줬던 게 기뻤다고도 말했다.

(즉, 유이카의 S속성은 거기서 기인한 건가?)

유이카의 도S 성격이 외로움의 표현이고 케이키를 노예로 만들려는 이유가 공허한 마음을 달래기 위해서라고 한다면ㅡ.

"그럼 그 외로움을 채워줄 수 있다면……?"

"심술궂게 구는 일도 없어질지도 몰라요. 차라리 귀찮을 정도로 신경을 써주는 것도 괜찮을지 모르죠."

"그건 너무 마음을 쓰다 상처 입는 패턴이잖아."

애정은 너무 적어도 너무 많아도 안 된다. 권장량을 지켜서 사용해야 한다.

다만 외로움을 안고 있는 여자아이에게 쏟는 거라면 조금 많아도 괜찮겠지.

그거야말로 오빠나 연인처럼 24시간 옆에서 외로움을 느낄 틈이 없을 정도로 전력을 다해 응석을 받아주면 케이키를 노예로 만들려는 생각이 사라질지도 모른다.

어디까지나 유이카의 S속성이 외로움에서 유래한다고 가정했을 때의 이야기지만──.

"……시험해볼 가치는 있겠어."

그렇게 정했다면 바로 행동개시다.

망설임이 사라져 개운해진 표정으로 케이키는 자리에서 일어났다.

"이야기를 들어줘서 고마워. 다음에 주스라도 살게."

"별말씀을요. 하지만 주스는 됐어요."

아이리의 쌀쌀맞은 태도도 지금은 전혀 신경 쓰이지 않았다.

이 츤데레 소녀에게 오기로라도 주스를 진상하겠다고 결심하고 케이키는 금발 후배와 이야기를 하기 위해 중앙정원을 뒤로했다.

"……유이카가 도S인 건 외로움이 원인일지도 모른다고?"

지금은 아직 검증단계지만 그래도 무시할 수 없는 이야기였다.

유이카가 변태로 변해버린 원인을 밝혀낼 수 있다면 교정하기 위한 수단도 보일지 모른다.

조사해볼 가치는 충분히 있겠지.

"하지만 처음 만났을 때라면 몰라도 지금의 유이카는

서예부 부원들과 즐겁게 지내고 있는데⋯⋯."

붙임성이 없었던 초기 모드 때와 비교하면 그 차이는 분명했다.

서예부에 입부한 이후의 유이카는 변태지만 유쾌한 멤버들에게 둘러싸여 미소를 보여주는 일이 많아졌다.

"최근에는 전혀 외로워 보이지 않았는데⋯⋯어라?"

호랑이도 제 말하면 온다더니. 복도 끝에 코가 유이카의 모습이 보였다.

창문에 손을 대고 울적한 표정으로 밖을 바라보고 있는 그녀는 마치 실연한 직후 같은 권태로운 한숨을 생산하고 있었다.

"쓸쓸한 듯 한숨을 내쉬고 있어?!"

너무나 시의적절한 사건에 케이키 선배, 경악.

다만 한숨을 쉬는 유이카의 모습은 확실히 '외롭게' 보였다.

(혹시 정말 외로움이 도S의 원인인 건가?)

그렇다면 그녀가 느끼고 있는 외로움의 정체를 밝혀내 해결한다면 유이카의 변태를 고칠 수 있을지도 모른다.

"⋯⋯어쨌든 저런 얼굴로 한숨을 쉬는 후배를 그냥 내버려 둘 순 없지."

외로워 보이는 유이카의 모습이 처음 만났을 때의 그녀와 겹쳐 보여 가슴이 아파졌다.

당시 유이카는 다른 사람과의 관계를 피하고 혼자 책의

세계에 빠져 있었다.

모처럼 웃어주게 됐는데 그 미소를 어이없이 흐리게 만들고 싶지 않았다.

"유이카."

"어라? 케이키 선배."

"오늘은 날씨가 좋네."

"네? 아, 네. ……그러네요."

"그런데 요즘, 뭔가 곤란한 일은 없어? 의지할 수 있는 오빠에게 이야기해봐."

"저기…… 지금 정말 선배의 수상한 언동에 곤란해하고 있는데요."

"어라?!"

스스럼없는 느낌으로 자연스럽게 알아내려고 했는데 아무래도 실패한 것 같았다.

유이카의 눈이 완전히 수상한 사람을 보는 것처럼 변해 있었다.

(어쩌지? 이 분위기……?)

어찌되었든 간에 이렇게 된 이상 잔재주를 부리지 말고 그냥 부딪칠 수밖에 없다.

정말 유이카가 고독을 느끼고 있는지는 불분명하지만, 그녀를 조사하든 외로움을 메꿔주든 우선 대전제로서 그녀 옆에 있을 필요가 있었다.

그렇다면 여기서 케이키가 취해야 할 선택은 한 가지였다.

"유이카!"

"네, 네?!"

갑작스러운 큰 소리에 놀란 유이카가 어깨를 떨자 분홍빛 치마가 흔들렸다.

그녀의 파란색 눈동자를 똑바로 바라보며 케이키는 진지한 얼굴로 결의를 입에 담았다.

"난, 지금부터 계속 유이카 옆에 있고 싶어!"

"······네에?"

갑자기 고백을 받고 유이카의 얼굴에 동요가 감돌았다.

뺨을 화악 붉힌 그녀는 머뭇머뭇 몸을 흔들며 어딘가 기대하는 듯 눈을 치켜뜨고 상급생을 바라보았다.

"그, 그건······유이카의 노예가 되어주겠다는 뜻인가요?"

"아니야. 전혀 아니야."

"뭐야. 아니었어요······?"

노골적으로 어깨를 떨구는 금발 소녀.

무언가 기대를 배신한 것 같았지만 여기서 꺾일 수는 없었다.

"그런 주종관계가 아니라 유이카와는 대등한 관계를 구축하고 싶어."

"네? 그건, 혹시 프러포······흐, 흐아아악?!"

뭘 상상한 건지 후배의 뺨이 다시 붉어졌다.

어쩐지 앞머리를 만지작거리며 안절부절못하는 모습이었다.

(어라? 왜 거기서 빨개지는 거지? 평범한 선후배 관계를 구축하고 싶다고 말한 것뿐인데…….)

다만 싫어하는 느낌은 아니었으니, 이대로 밀어붙이면 넘어올지도 모른다.

케이키는 계속 공격하기로 했다.

"역시 난 안 될까?"

"그, 그건……그런 말을 갑자기 꺼내면……."

눈을 피하며 입술을 꽉 다무는 유이카.

여자아이의 귀여운 반응에는 가슴이 설레지만, 지금은 그녀에게 허가를 받는 게 먼저였다.

강한 결의를 전하기 위해 양손으로 그녀의 어깨를 붙잡았다.

"유이카……."

"케. 케이키 선배……?"

"내가 반드시 유이카를 행복하게 해줄게. 그러니까 네 옆에 있게 해주지 않을래?"

"읏?!"

금발의 후배가 거대한 '착각'을 하고 있다는 것도 모르고 자각이 없는 순진한 플레이보이가 승리를 굳히듯 내뱉은 대사는 더욱더 사태를 심각하게 만들었다.

숨을 삼킨 유이카가 얼굴을 새빨갛게 물들이며,

"……네."

애태우는 듯한 침묵 후 그녀는 고개를 작게 끄덕였다.

"……선배가 그렇게 애원한다면 특별히 허가해줄게요."

쑥스러운 듯 올려다보며 유이카가 제안을 승낙했다.

"좋아! 그럼 바로 지금부터 날 따라와 줘!"

"네? 어, 어디 가는 거예요?"

"어디 갈지 기대해. 오늘은 오랜만에 데이트하자."

교섭이 성립된 이상 질질 끌 이유가 없었다.

당황한 유이카의 손을 이끌고 다음 스텝으로 나아가기 위해 케이키는 복도를 뒤로했다.

"그러니까 오늘은 전력을 다해 게임 센터를 즐기려고!"

"케이키 선배, 흥분하셨네요."

교복 차림의 두 사람이 서 있는 곳은 게임 센터 점포 앞.

왜 게임 센터냐 하면—.

(유이카가 한숨을 쉰 이유는 모르겠지만 게임 센터에서 신나게 놀면 기분도 풀리겠지.)

이런 너무나도 단순한 발상에 의한 것이었다.

"유이카는 게임 센터에 와본 적 있어?"

"아뇨, 한 번도 없어요."

"그럼 이게 게임 센터 첫 경험이네."

자동문을 지나 가게 안으로 들어서자 다양한 게임기가

그들을 맞아주었다.

"우와, 소리가 엄청나네요."

"금방 익숙해질 테니까 괜찮아. 이 큰 음량이 편하게 느껴지게 되면 상급자가 되는 거지."

"무슨 말인지 모르겠어요."

그런 말을 하면서도 유이카는 어딘가 즐거워 보였다.

어린애처럼 생글생글 빙긋빙긋 웃어 보였다.

왜 기분이 좋은지는 알 수 없지만, 미소가 귀여웠기 때문에 문제없는 거로.

"유이카는 집에서 게임도 해?"

"가끔 해요. 게임기도 갖고 있고."

"오오, 어떤 게임이 좋아?"

"글쎄요…… 스토리에 공들인 RPG를 좋아해요."

"문학소녀는 게임도 책을 고르듯이 고르는구나."

참고로 케이키가 좋아하는 건 마물을 사냥하는 게임 같은 액션 계통.

미즈하는 붙잡은 귀여운 몬스터를 육성하는 유유자적한 게임을 좋아했다. 게임 취향에도 성격이 드러나는 것 같았다.

"유이카, 해보고 싶은 게임 있어?"

"그럼…… 케이키 선배가 좋아하는 게임을 해보고 싶어요."

"내가 좋아하는 게임이라……."

가게 안으로 시선을 돌리다 한 기계에 시선이 갔다.

쇼마나 마오와 왔을 때도 플레이했던, 출현하는 좀비를 총으로 쓰러뜨리는 간판 슈팅 게임이었다.

"좀 재미있을 것 같네요."

"하지만 이건 애들한테는 꽤 자극이 강할 거야."

"어린애 취급하지 마세요. 유이카는 이래 봬도 고등학생이라고요."

"그럼 시험 삼아 해볼까?"

유이카와 나란히 기계 앞에 섰다.

동전을 투입하고 바로 플레이를 개시했지만—.

"아하! 설탕을 발견한 개미 떼처럼 모여들다니, 그렇게 유이카에게 맞고 싶어요? 그렇게 원하는 좀비들에게는 따로 간직해 둔 수류탄을 던져줄게요!"

몇 분 후, 생각한 것 이상으로 좋아하는 후배의 모습이 보였다.

"……."

수류탄으로 좀비를 날려버리고 만족하며 기뻐하는 유이카의 모습에 케이키는 정색했다.

후배의 성벽을 고치기는커녕 한층 더 심연을 들여다보게 된 것 같은 기분이었다.

"저기, 선배, 뚱뚱보 좀비가 그쪽으로 갔어요!"

"아, 으응……알았어!"

정신을 가다듬고 화면에 집중했다.

그렇게 둘이 플레이한 지 20분.

안타깝게도 좀비 집단과 만나 어이없이 게임오버가 되었다.

"이런 게임은 처음이었는데 꽤 재미있었어요."

"그거 다행이네."

게임 자체는 도중에 사이좋게 좀비에게 먹히고 말았지만 즐길 수 있었으니 결과적으로 좋은 일이었다.

"그럼, 다음에는 어떤 게임을 해볼까?"

"액션 계통은 지쳤으니까 편하게 플레이할 수 있는 게임이 좋을 것 같아요."

"그렇다면 메달 게임이 좋을 것 같은데."

부담 없이 할 수 있는 게임을 찾아 가게 안을 이동했다.

"어라? 케이키 선배, 저 커튼으로 칸막이해놓은 게임은 뭐예요?"

유이카가 가리킨 건 사각형 기계.

"아, 저건 게임이 아니라 스티커 사진기야."

"아, 알아요. 친구들끼리 사진을 찍는 거죠?"

"친구들뿐만 아니라 커플끼리 찍기도 하던데."

"커플……."

중얼거리던 유이카가 케이키의 교복을 붙잡았다.

"……저기, 케이키 선배? 같이 찍어보지 않을래요?"

"오오, 그거 괜찮을 것 같은데. 게임 센터 첫 경험의 기념도 될 거고."

유이카와 함께 커튼 안쪽으로 들어갔다. 신기한 듯 두리번거리는 후배를 바라보며 미소를 짓던 케이키는 주머니에서 꺼낸 동전을 투입구에 넣었다.

"아, 돈…… 유이카가 찍고 싶다고 한 건데."

"괜찮아, 오늘 이건 내가 주는 선물이라고 생각해."

"……아, 감사합니다."

쑥스러운 듯 그렇게 말하고 유이카는 작게 미소 지었다—.

"……나쁘지 않네요, 이런 것도."

"응? 뭐가?"

"아무것도 아니에요. 됐으니까 빨리 시작하죠."

"아, 으응? 그래."

바로 화면을 조작해서 촬영 준비를 시작했다.

[어서 오세요~♪ 우선 사진 테두리를 선택해요.]

스피커에서 밝은 여성의 목소리가 나왔고 사진 테두리 설정 화면이 표시되었다.

"이 중에서 선택하는 것 같네요."

"유이카가 선택해."

"그래도 돼요? 으음…… 그러면 이걸로 할래요."

유이카가 선택한 건 커플용 하트 형태의 테두리.

"역시 이건 좀 부끄럽지 않을까……?"

"뭔가 불만이라도?"

"당치도 않습니다. 아가씨가 원하신다면 기꺼이."

오늘은 전력을 다해 유이카를 즐겁게 해주기로 했다.

스티커 사진 테두리를 커플용으로 하는 것 정도는 별것 아니었다.

그 외에도 낙서나 스탬프 등 여러 가지 기능이 있었지만 스티커 사진 초심자인 케이키와 유이카는 가장 심플한 모드를 선택해서 촬영하기 시작했다.

[그럼 찍겠습니다~ 자, 치즈♪]

스티커 사진 체험은 문제없이 끝났고, 완성된 사진에는 두 사람이 웃는 얼굴로 찍혀 있었다.

긴장하고 있었던 탓인지 뺨이 좀 붉어진 유이카가 귀여웠다.

"자, 이건, 유이카 사진."

"고마워요. 소중히 아낄게요."

사진을 가슴에 품고 유이카가 웃었다.

도S 모드 때 보여준 사악한 미소가 아닌 케이키가 좋아하는 천사의 미소였다.

유이카도 게임 센터에서 충분히 즐기는 것 같고 작전은 순조롭다고 말해도 되겠지.

(좋아, 이 상태로 열심히 해보자!)

게임의 바다를 헤엄쳐 다니는 여행은 이제 시작일 뿐. 외로움을 느낄 틈이 없을 정도로 그녀의 기억을 즐거운 추억으로 가득 채울 생각이었다.

"완전히 어두워졌네요."

"세상이 완전히 밤의 감성으로 변했네."

게임 센터에서 즐긴 후 들른 커피숍에서 시시한 대화를 나누다 가게를 나올 때쯤에는 완전히 해가 떨어져 있었다.

"늦어졌으니까 집까지 바래다줄게."

"그래도 돼요?"

"유이카는 손에 넣기 딱 좋은 크기라서 끌려가진 않을지 걱정도 되고."

"거기선 유이카가 귀엽기 때문이라고 말해줬으면 좋겠는데."

"물론 그것도 있지."

"후후, 그럼 부탁드릴게요."

"맡겨주세요."

유이카를 집까지 바래다주기로 한 케이키는 둘이서 사이좋게 귀로에 올랐다.

"오늘은 즐거웠어요. 케이키 선배와 데이트하는 건 두 번째네요."

"그래, 왠지 꽤 오래전 일 같은데."

첫 데이트 때는 아직 그녀의 본성이 도S의 소악마라는 걸 몰랐다.

유이카처럼 솔직하고 귀여운 여자아이가 남자의 입에

팬티를 쑤셔 넣는 위험인물일 거라고 누가 상상이나 할 수 있을까?

"이제 와서 하는 말이지만, 유이카는 통금은 괜찮아?"

"전혀 상관없어요. 우리 부모님은 늦게 오시거든요."

"……."

유이카의 부모님이 바쁘시다는 이야기는 들었다.

전에 유이카의 집에 찾아갔을 때도, 휴일이었는데 그녀의 부모님은 일 때문에 집에 안 계셨다.

"……유이카는 집에 혼자 있으면 외롭지 않아?"

"예전에는 외로웠는데 지금은 이미 익숙해졌어요."

"유이카……."

그 외로운 옆모습이 방과 후 학교에서 본 그녀의 옆모습과 겹쳐졌다.

(혹시 이게 그 한숨의 이유인 건가……?)

부모님의 귀가가 늦어서 매일 외로워하고 있다면 그녀가 복도에서 보여준 권태로운 한숨도 이해할 수 있었다.

케이키의 부모님도 일이 바빠 집에는 거의 돌아오지 않았다.

그래도 외롭지 않았던 건 미즈하가 있었기 때문이었다.

설령 부모님이 집에 오지 않아도 둘이 있으면 외롭지 않았다.

하지만 유이카의 경우, 사랑하는 할머니가 돌아가신 이후로는 외로워도 참을 수밖에 없었을 것이다.

학교에서 돌아와 혼자 밥을 먹는 그녀의 모습을 상상하면 가슴이 따끔거렸다.

"……케이키 선배?"

갑자기 걸음을 멈춘 케이키의 얼굴을 유이카가 쭈뼛쭈뼛 들여다보았다.

"유이카는…… 그래도 괜찮아?"

"네?"

"부모님께 불만이라든가 그런 건……."

사람들의 가정에는 각자의 사정이 있고 참견해서는 안 된다고 생각한다.

그래도 '이미 익숙해졌다'고 말하며 쓸쓸하게 웃는 유이카의 옆모습을 보니 딸을 혼자 두는 부모님을 향해 참을 수 없는 어두운 감정이 끓어오르고 말았다.

"아, 오해하게 했을지도 모르겠네요. 확실히 귀가는 늦지만 두 분 모두 유이카를 아껴주고 있어요."

"그래?"

"오히려 딸바보라고 해도 좋을 레벨이라니까요. 아빠도 엄마도 집에 돌아오면 제일 먼저 방으로 와서 안아주고, 늦은 시간에도 아랑곳하지 않고 학교에서의 일을 듣고 싶어하고 결국에는 함께 자자는 말을 꺼내고……."

"아, 으응……."

"그러니까 괜찮아요. 유이카는 부모님을 정말 사랑하니

까요."

"……그래? 그럼 괜찮지만."

유이카의 말에 거짓의 울림은 없었다.

아무래도 그녀는 부모님께 정말 사랑받고 있는 것 같았다.

안도함과 동시에 상대의 사정도 생각하지 않고 그녀의 부모님에 대해 염치없는 분노를 품은 자신이 부끄러워졌다.

"……응? 잠깐만? 그럼 학교에서 한숨을 쉰 건 무엇 때문이었어?"

"아, 거기에 대해서는 정말 슬픈 사정이 있는데……."

"슬픈 사정?"

"실은 전날 좋아하는 장편소설이 드디어 완결을 맞이하고 말았거든요!"

"……뭐? 소설?"

"중학교 때부터 계속 읽어온 시리즈였는데 끝나버린 게 너무 쓸쓸해서."

"헷갈리게 하는 데에도 정도가 있지!!"

외로운 듯 보였던 건 좋아하는 소설이 끝나버렸기 때문이었다.

이번 일은 전부 케이키의 착각이었다.

"설마 그런 사정이 있었을 줄이야……. 좀 더 심각한 고민이 있을 줄 알았는데."

"혹시 그래서 오늘 유이카에게 데이트 신청을 해준 거

예요?"

"아니, 뭐, 나의 착각이었지만."

머리를 긁적이며 겸연쩍게 시선을 돌렸다.

그런 상급생에게 유이카는 부드러운 미소를 보여주었다.

"유이카를 걱정해준 거죠? 케이키 선배의 그런 모습, 유이카는 정말 좋아해요."

"……그건 고맙다."

후배에게 마음을 들킨 것 같아서 좀 부끄러웠다.

후배 여자아이가 날 신경 쓰다니, 이래서야 누가 연하인지 알 수가 없었다.

"그럼 슬슬 돌아갈까요?"

"그래."

집에 가는 도중에 걸음을 멈춘 채 이야기를 나누느라 꽤 시간이 흘러버렸다.

다시 나란히 걸어가다 유이카가 가만히 손을 잡았다.

"유이카?"

"손, 잡고 싶어요. ……안 될까요?"

"아니, 딱히 상관은 없는데……."

의도는 불분명했지만, 일부러 거절하지도 않았다.

마주 잡은 그녀의 손은 보이는 대로 작았고 손을 잡고 기쁜 듯 웃는 후배는 곤란할 정도로 매력적이었다.

"에헤헤, 따뜻하네요."

"왠지 오늘의 유이카는 꽤 응석꾸러기 같은데."

"……딱히 이 정도는 이상하지 않다고 생각해요."

불만스럽게 입술을 삐쭉거리며 그녀는 말을 이어나갔다.

"왜냐하면, 유이카와 케이키 선배는…… 여, 연인 사이니까."

"……뭐?"

너무나도 이해할 수 없는 단어에 케이키의 걸음이 멈췄다.

"연인 사이라니…… 누구랑 누가?"

"……네?"

이번에는 유이카가 얼어붙을 차례였다.

잠깐의 어색한 침묵이 쌓이던 와중, 정신을 차린 유이카가 입을 열었다.

"저기…… 케이키 선배가 유이카에게 고백한 거 아니에요?"

"고백?!"

연인 발언에 이어 튀어나온 건 또다시 이해할 수 없는 키워드.

황급히 기억을 더듬어봤지만, 자신의 행동기록에 고백에 해당하는 건 눈에 띄지 않았다.

"잠깐, 잠깐만? 무슨 말이야? 전혀 기억이 없는데?"

그 말을 꺼낸 순간, 유이카의 얼굴에서 표정이 사라졌다.

"……아, 그래……흐음……역시나……."

"유, 유이카……?"

"즉, 유이카의 착각이라는 건가요……? 유이카 옆에 있고 싶다고 말한 건 그런 의미가 아니었다는 거군요……?"

중얼중얼 무언가를 중얼거리던 유이카가 갑자기 '아하' 하고 웃었다.

"케이키 선배? 이를 꽉 무세요."

"뭐? —커허어어어억!!"

무시무시한 대사가 귀에 들린 다음 순간, 복부에 그녀의 주먹이 박혔다.

설마 하던 철권제재. 뜻밖의 강렬한 일격을 받고 그 자리에 무릎을 꿇은 상급생의 턱을 유이카의 오른손이 거칠게 움켜쥐었다.

"허억?! 유, 유이하?!"

"손가락, 깨물면 안 돼요."

뺨을 꽉 붙잡고 빠끔 열린 케이키의 입에 유이카가 왼쪽 손가락을 집어넣었다.

그리고— 거기에 있는 혀를 최대한 끌어올렸다.

"아가가가가가가?!"

"우후후, 소녀의 순정을 갖고 논 게 이 혀인가요? 응? 이 혀인가요?"

"아, 아되에에에에에에에!!"

여자아이에게 혀를 잡힌 건 물론 인생에서 처음 겪는 경험이었다.

어디서 어떤 선택지를 잘못 선택한 것인지, 도S인 후배를 화나게 해버린 노예 후보는 오랜만에 진짜 벌을 받을 처지가 되었다.

◇

그날 밤, 파자마로 갈아입은 유이카가 자기 방 침대 위에서 몸부림치고 있었다.

"으아아아아아악……! 이제 싫어어어어어어어어어……!"

소녀답지 않게 우렁차게 외치며 새빨개진 얼굴을 베개에 묻고 격렬하게 발을 버둥거리며 둘 곳 없는 감정을 폭발시켰다.

목욕을 마치고 방으로 돌아온 이후 유이카는 계속 이런 상태였다.

"그런 착각을 하다니, 너무 부끄러워……!"

유이카가 몸부림치는 원인을 요약하면 완벽하게 이 한 가지로 끝난다.

케이키의 말을 멋대로 해석하고 고백받았다고 생각해 붕 떠서는 부끄러운 나머지 그에게 얌전한 태도를 보이고 말았다.

결국, 스티커 사진을 하트 프레임으로 촬영하는 트라우마급 실수까지 저지르고 만 꼴.

그냥 이대로 영원히 틀어박히고 싶은 기분이었다.

"······."

유이카는 엎드려 누운 채 침대 옆에 놓인 가방에서 학생 수첩을 꺼냈다.

수첩을 펼치자 게임 센터에서 찍은 스티커 사진이 붙어 있었다.

"······선배는 유이카를 위해 열심히 해줬는데······."

착각을 한 건 그도 똑같았다.

그는 학교에서 한숨을 쉬는 유이카를 보고 '유이카가 외로워하고 있어!'라고 착각하고는 그 외로움을 어떻게든 해서 메꿔주려고 기를 쓴 것 같았다.

여러 가지로 상냥하게 해준 건 그런 이유였던 것인가.

"확실히 고등학교에 입학할 때까지는 외로웠지만······."

고등학교에 들어온 이후로도 잠시 외로웠지만······.

"유이카는 이제 외롭지 않아요."

친구도 만들지 않고 책만 읽던 자신에게 그가 말을 걸어 줬으니까.

기세 좋게 입부한 서예부도 지금까지는 이러니저러니 해도 마음에 들었다.

그것들은 전부 그 연상의 남자 덕분이었다.

"······그렇다고 해도 그런 고백 같은 말은 반칙이라고 생각하는데······."

모처럼 따뜻한 기분이 들었는데 사고가 한 바퀴 돌아

스타트 지점으로 되돌아왔다.

"노예 후보 주제에 계속 유이카 옆에 있고 싶다고 하다니……."

학교에서의 고백 같은 그의 말이 몇 번이나 머릿속에서 되풀이되었다.

헷갈리기 쉬운 대사로 소녀의 순정을 갖고 놀다니, 극형 레벨의 중죄였다.

그의 무신경함에도, 그의 말에 기뻐해 버린 쉬운 자신에게도 화가 났다.

"……케이키 선배 바보. 유이카의 노예가 될 때까지 절대로 용서 안 해줄 거예요."

여러 가지로 떠올렸더니 다시 화가 나서 유이카는 스티커 사진 속 노예 후보의 뺨을 손가락으로 두들겼다.

◇

시간을 좀 되감아 유이카가 자기 방에서 발을 버둥거리기 2시간 정도 전.

후배를 무사히 집까지 바래다준 케이키는 집으로 발길을 재촉했다.

여동생에게 '늦어질 테니까 저녁은 먼저 먹어'라고 문자를 보냈더니 '오빠가 올 때까지 기다릴게'라는 답장이 왔기 때문이었다.

"먼저 먹어도 되는데."

그런 말을 하면서도 자연스럽게 미소가 지어졌다.

같이 식탁을 둘러싸고 앉을 가족이 있는 건 기쁜 일이었다.

"……그건 그렇고 유이카는 왜 화가 난 거지?"

모처럼 도중까지 좋은 느낌이었는데, 가장 마지막에 실패해버렸다.

여자부원들을 참사람으로 만들어보려고 도전하는 것마다 연전연패.

역시 변태의 갱생은 만만찮은 것 같았다.

"으음……왜 그런 거지?"

머리를 감싸 쥐고 고민하며 걷다가 눈에 익은 뒷모습을 발견했다.

전봇대 그늘에 숨어 전방의 모습을 살피고 있는 수상한 인물의 정체는─.

"코하루 선배?"

"으아아아아악?! ……응? 아, 어라? 키류?"

교복 위에 파카를 걸친 자그마한 여자아이는 오오토리 코하루.

작은 체격에 동안인 코하루였지만 교복의 파란 리본이 말해주는 대로 그녀는 고등학교 3학년 선배였다.

참고로 [오오토리 건설]이라는 건축회사 사장의 따님이기도 했다.

"놀라게 좀 하지 마세요. 심장이 멈추는 줄 알았다고요."

"선배가 수상한 짓을 하고 있으니까요. 또 쇼마를 스토킹하는 거예요?"

그녀가 보고 있던 쪽을 돌아보다 그 앞으로 걸어가는 익숙한 꽃미남의 모습을 확인할 수 있었다.

"난 그저 사랑하는 사람의 행동을 하나하나 자세히 관찰하고 있는 것뿐이에요."

"즉 스토킹하는 거군요."

"으윽…… 그렇게 직설적으로 말하지 마세요."

이 작은 선배는 쇼마의 스토커이기도 했다.

일단 코하루는 쇼마의 여자친구(임시)였지만 이미 물든 습성은 쉽게 고쳐지지 않는 듯했다.

"코하루 선배는 이미 쇼마의 여자친구 같은 존재고, 숨어서 쫓아다닐 필요는 없는 거 아닌가요?"

"아뇨, 그게…… 아앗?! 키류 때문에 쇼마를 놓쳤잖아요!"

"네? 나 때문에?"

"어쨌든 뒤를 쫓아가야 해요……. 긴급사태니까 사정은 가면서 설명할게요!"

"나도 같이 따라가야 하는 흐름이구나…….'

놓친 추적대상을 쫓아가기 위해 밤길을 달려가는 코하루.

몸이 작아서 그 속도는 빈말로도 빠르다고 할 수 없었고,

덕분에 케이키도 쉽게 같이 달릴 수 있었다.

"그래서 선배는 왜 스토킹을 하는 건데요?"

"……실은 요즘 쇼마의 태도가 좀 쌀쌀맞아요."

"네? 그래요?"

"전에는 쇼마의 동아리가 끝나는 걸 기다려서 같이 집에 갔는데 요즘은 계속 거절당하고…… 이유를 물어봐도 계속 얼버무리기만 해요."

"역시나. 확실히 좀 이상하네요."

"그래서 난 쇼마가 바람을 피우고 있는 건 아닌가 하고……."

"아니, 그 녀석이라면 그건 아닐 거예요."

아키야마 쇼마는 확고한 로리콘이었다.

꽃미남 파워로 인기는 많았지만 같은 연령대 여자아이들의 고백은 전부 거절해온 강자였다.

그런 그의 아주 좁은 취향에 들어가는 여자가 그렇게 많을 것 같진 않았다.

"아…… 저기 있는 거 쇼마 아니에요?"

"키류, 큰 공을 세웠어요!"

20미터 정도 앞에 서 있는 쇼마를 발견.

케이키와 코하루는 재빨리 자판기 그늘에 몸을 숨기고 살짝 얼굴을 내민 채 그를 지켜보았다.

어른스러운 옷을 몸에 걸친 꽃미남이 서 있는 곳은 교차점의 한 모퉁이.

신호를 기다리고 있는 줄 알았는데 파란불로 바뀌어도 걸어질 기색은 보이지 않았다.

"쇼마 녀석, 뭐 하는 거지?"

"바람피우는 상대인 로리 소녀를 기다리고 있는 걸지도 몰라요."

"역시 그건……."

"쇼마는 테니스부가 끝난 후 곧장 집으로 가서는 바로 사복으로 갈아입고 나왔어요. 수상하다고 생각하지 않아요?"

"나로서는 그런 자초지종을 알고 있는 코하루 선배가 더 수상한 것 같은데요."

다만 확실히 쇼마의 행동에는 이해하기 힘든 부분이 있었다.

잠시 관찰을 계속하고 있는데 상황에 큰 변화가 생겼다.

"……응? 어라……여자가……."

전방에서 걸어온 짧은 머리의 여성이 친숙한 듯 쇼마에게 말을 걸었던 것이다.

"수수께끼의 미녀 출현?! ……여, 역시 바람피우는 거 아닐까요?!"

"지, 진정하세요! 그냥 아는 사이일지도 모르고! 왜, 알바를 같이 하는 선배라던가!"

"쇼마는 알바 같은 건 안 해요!"

"그랬었죠!"

여성은 대학생 정도로 보였다. 움직이기 쉬운 셔츠에 반

바지 차림으로 멀리서 봐서 잘 보이진 않지만, 꽤 미인인 것
같았다.

"으윽……저 사람은 대체 누굴까요?"

"그, 글쎄요?"

쇼마와 미녀는 몇 번인가 말을 주고받은 뒤, 나란히 서서
이동을 시작했다.

코하루와 케이키도 황급히 그 뒤를 쫓았다.

"아, 공원으로 들어갔어요."

"이, 이런 시간에 공원에서 뭘……?"

"쇼마가 저런 어른스러운 사람을 상대로 뭔가를 할 것
같진 않은데……."

밤거리에서 여성을 만나고, 그 사람과 공원에 들르고, 계속
의심스러운 점만 부각되면서 쇼마의 바람 의혹이 진실성을
더해가고 있었다.

"어떻게 하실래요? 계속 뒤를 쫓을 거예요?"

"여기까지 와서 물러날 순 없어요."

"그렇겠죠……."

우연히 코하루를 발견한 것뿐인데 꽤 큰일이 생기고 말았다.

그렇다고 해도 여기까지 관계한 이상 자신만 돌아가는
것도 좀 망설여졌다.

결국, 코하루의 뒤를 이어 케이키도 공원 안으로 발을
들여놓았다.

전등 아래에서 그들의 모습을 발견하고 코하루와 함께 근처 나무 그늘에 몸을 숨겼다.

대화를 엿듣기 위해 귀를 기울이자 들려오는 건 잘 울리는 여성의 목소리.

"……응? 네가 학교를 졸업하면……나랑 결혼해줄래?"

""?!""

수수께끼의 미인이 내뱉은 결정적인 대사에 두 명의 스토커 모두 말문이 막혀버렸다.

만사가 순조로웠던 코하루와 쇼마 사이에 끼어든 수수께끼의 미녀.

일일 연속극 같은 급전개에 케이키는 파란의 예감을 품을 수밖에 없었다.

"다녀왔어!"

"오빠, 어서 와. ……응? 어라?"

오후 8시가 좀 지났을 무렵. 케이키가 자신의 집으로 귀환하자 그를 맞이하러 나왔던 미즈하가 눈을 크게 끔뻑거렸다.

귀가한 오빠가 웬일로 손님을 데리고 왔기 때문이다.

"오오토리 선배?"

"실례합니다……."

조금 전 사건 때문에 완전히 침울해진 상태의 코하루가 머리를 꾸벅 숙이며 가볍게 인사했다.

어리둥절한 미즈하가 시선으로 '어떻게 된 거야?'라고 물어보았다.

"사정이 좀 있어서. 미안하지만 마실 차 좀 준비해주지 않을래?"

"아, 응. 알았어."

코하루의 모습을 보고 배려를 해준 거겠지.

아무것도 묻지 않고 마실 차를 준비하러 들어간 미즈하에게 감사했다.

"코하루 선배. 일단 제 방으로 가요."

"……네."

코하루를 데리고 계단을 올라가 2층 방으로 들어갔다.

불을 켜고 그녀에게 쿠션을 건넨 후 자신도 자리에 앉았다.

"그러니까……."

일단 방으로 부르긴 했지만 어떻게 말을 해야 좋을지 알 수가 없었다.

쿠션에 다소곳이 앉아 어두운 표정으로 고개를 숙이고 있는 그녀의 모습에 마음이 아팠다.

쇼마가 수수께끼의 미녀에게 고백받는 현장을 목격한 이후 계속 이 상태였다.

충격을 받아 멘붕상태가 된 코하루를 방치할 수 없어서 이렇게 집으로 데리고 왔는데 센스 있는 말 한마디 걸지 못하는 자신이 싫어졌다.

(쇼마 녀석이 코하루 선배를 슬프게 만들 짓을 할 것 같진 않은데…….)

그 여성의 고백에 쇼마가 뭐라고 대답했는지는 알 수 없었다.

다만 쇼마가 코하루를 상처 입힐 만한 인간이 아니라는 걸 케이키는 알고 있었다.

그건 코하루도 이해하고 있겠지만 그런 장면을 보면 불안해지는 것도 어쩔 수 없겠지.

그때, 방문을 노크하고 미즈하가 얼굴을 내밀었다.

"오래 기다렸지?"

"고마워, 미즈하."

쟁반을 테이블 위에 두고 그 자리에 앉은 미즈하는 고양이 일러스트가 그려진 머그컵을 코하루에게 내밀었다.

"드세요. 뜨거우니까 조심하세요."

"고마워요. ……아, 코코아."

머그컵을 받아들고 가만히 내용물을 바라보는 코하루.

작게 숨을 불어가며 식힌 후 슬쩍 입을 가져다 댔다.

"……맛있네요."

따뜻한 코코아에 긴장이 풀린 건지 그렇게 말한 코하루의 눈에 눈물이 맺혔다.

공원에서 여기 올 때까지 계속 참고 있었겠지.

눈물을 뚝뚝 흘리는 코하루의 머리를 쓰다듬으면서 미즈하가 오빠에게 시선을 옮겼다.

"오빠, 무슨 일 있었어?"

"아, 실은……."

케이키는 지금까지의 경위를 설명했다.

최근, 코하루에 대한 쇼마의 태도가 쌀쌀맞다는 것.

그걸 수상하게 여긴 코하루가 그의 뒤를 쫓아가 보니 쇼마가 수수께끼의 미녀와 만나고 있었다는 것.

게다가 그 미녀가 '결혼해줄래?'라는 말을 하는 등 꽤 적극적인 호의를 보내고 있다는 것도.

"……그래, 그런 일이 있었구나."

"미안해요. 연상인데 한심한 모습을 보이고 말았네요……."

"나이는 관계없어요. 좋아하는 사람이 예쁜 사람과 만나면 불안해지는 게 당연하죠."

"네……."

눈물은 멈췄지만, 아직 코하루의 표정은 풀리지 않았다.

"……쇼마는 어른 여성을 좋아하게 된 걸까요?"

"으―음…… 하지만 그 쇼마가, 갑자기 연상이 좋아지진 않을 거예요."

"나도 같은 의견이야. 그 녀석의 로리콘이 짧은 시일에 나을 거라고는 생각하지 않아."

남매의 견해는 대체로 일치.

추측이지만 그 미녀가 일방적으로 쇼마에게 구애하고 있을 가능성이 크다고 생각했다.

하지만 그래도 사랑하는 소녀의 불안감을 떨칠 수 없겠지―.

"쇼마의 로리콘이 건재하다면 어째서 날 피하는 걸까요? 이미 나에게 질려버린 걸까요?"

"쇼마가 선배에게 질리는 일은 절대로 없을 거예요. 아마 뭔가 사정이 있을 거예요."

"그렇다면 다행이지만……."

"나도 협력할 테니까 우선 정보를 모아보죠."

"협력…… 해주는 거예요?"

"난 두 사람의 큐피드니까요."

"키류…… 고마워요."

어둡게 흐려졌던 그녀의 표정이 조금은 밝아졌다.

그런 케이키와 코하루의 대화를 지켜보며 미즈하가 '후후' 하며 즐거운 듯 웃었다.

"미즈하?"

"아니, 오빠의 그런 모습이 너무 좋아서."

"너, 너무 좋다니……너, 그런 말을 코하루 선배 앞에서……."

"난 신경 쓰지 말고 얼마든지 알콩달콩 시간을 보내도록 해요."

"이건 어떤 수치 플레이인가요?!"

그건 마치 서예부 부원들과 있을 때처럼 떠들썩한 대화였다.

좀 진정한 선배에게 미소가 돌아온 건 기쁜 일이었다.

이야기가 정리되고 긴장이 풀린 탓인지 케이키의 배에서 요란한 소리가 울렸다.

"실례, 배에서 소리가 나네요."

"그러고 보니 저녁을 아직 못 먹었네."

그렇게 말하며 미즈하가 일어났다.

"좀 늦어졌지만, 밥 먹자. 선배도 드시고 가세요."

그날 메뉴는 미즈하 특제 비프스튜. 저녁이라고 부르기에는 조금 늦은 식탁은 평소보다 1인분 더 활기차고 따뜻했다.

◇

　다음날 점심시간. 케이키는 쇼마의 조사를 위해 행동을 개시했다.

　점심은 학교 식당에서 끝내는 쇼마와 함께 식당을 찾은 케이키는 미즈하가 정성스럽게 싸준 도시락을 깨작거리며 유부 우동을 후루룩 먹고 있는 꽃미남을 관찰했다.

　(……문제는 어떻게 이야기를 꺼내느냐 하는 건데.)

　조사 대상에게 '네 속을 떠보고 있다'는 걸 알아채게 하는 건 현명하지 않았다.

　우선 잡담부터 시작해 자연스러운 흐름으로 어젯밤 이야기를 캐묻는 게 바람직하겠지.

　"그러고 보니 요즘 좀 새로운 일을 시작했어."

　"새로운 일?"

　"서예부 변태 부원들을 참사람으로 만들기 위한 계획을 세웠거든."

　"그건 또 성가신 계획이네. 왜 그런 짓을?"

　"모두의 공격이 너무 열렬해져서 내 몸이 버티지 못할 것 같은 게 첫 번째 이유."

　"아…… 네 이야기만 듣자면 꽤 과격한 것 같으니까."

　"또 하나는 내가 운명의 여자와 만났을 때 변태들이 쫓아다녀서 연애를 할 수 없게 될 거라는 걸 깨달았기 때문이지."

"확실히, 케이키에게 연인이 생긴 정도로 서예부 부원들은 포기하지 않을 거야."

그 미래를 상상한 건지 쇼마가 쓴웃음을 지었다.

실제로 자신의 연애를 그녀들에게 방해받는다는 묘하게 리얼한 꿈을 꿔버린 케이키로서는 여자 멤버들의 존재는 단순히 위협이었다.

고생해서 연인을 갖게 된다고 해도 변태들에게 방해를 받는 건 차마 눈 뜨고 볼 수 없었다.

"그런 이유에서 난 나의 연애를 지키기 위해 모두를 평범한 여자아이로 만들기로 결심했어."

"역시나. 그래서 부원들의 변태를 고치려고 하게 된 거야?"

케이키가 절찬 시행 중인 '탈 · 변태 계획'의 화제는 꽤 감촉이 좋았다.

이 상태라면 본론으로 들어가도 될 것 같았다.

"그러고 보니 어제 유이카와 게임 센터에 갔었는데. 돌아오는 길에 화장실에 가고 싶어져서 공원에 들렀다가 쇼마가 어떤 여자랑 이야기하는 걸 봤어."

"뭐……?"

본론으로 깊이 들어간 순간 쇼마의 젓가락이 멈췄다.

"……본 거야?"

"그래, 우연이지만. 저기, 쇼마, 그건—."

"……미안, 케이키. 그 이야기는 하고 싶지 않아."

"뭐?"

평소의 온화한 분위기가 사라지고 튀어나온 건 굉장히 차가운 목소리.

아무 말 없이 우동을 먹어치운 쇼마가 쟁반을 손에 들고 자리에서 일어났다.

"그럼 난 먼저 교실로 돌아갈게."

"아, 그래……."

여동생이 만들어준 도시락은 아직 반 정도 남아 있었고 아무래도 친구의 기분을 상하게 해버린 것 같아서 어쨌든 쫓아가는 건 불가능했다.

"뭐지? 방금 그 쇼마답지 않은 반응……설마 진짜 바람 피우는 건가?"

부정하고 싶은데 현시점에서는 그걸 부정할 수 있는 재료가 없었다.

애초에 쇼마와 코하루는 정식으로 사귀는 것도 아니니까 쇼마가 다른 여성에게 간다고 해도 그를 책망할 이유는 없을지도 모른다.

그래도 어제 코하루의 눈물을 보고 말았기 때문에 그녀의 행복을 바라지 않을 수가 없었다.

진심으로 그를 좋아하고 있다는 걸 알고 있으니까 두 사람은 꼭 맺어졌으면 좋겠다.

"……아니, 이건 어떻게 된 거지……?"

답답한 마음을 안은 채 고민하는 큐피드는 계란말이를 입에 넣었다.

방과 후, 케이키와 코하루는 사이좋게 아키야마 쇼마를 미행하기로 했다.

"죄송해요, 코하루 선배. 내가 칠칠치 못한 짓만 해서……."

"신경 쓰지 마세요. 키류 탓이 아니니까."

"하지만 내가 맡겨달라고 해놓고서 아무런 정보도 알아내지 못하고……."

"괜찮아요. 지금부터 만회하러 가요."

"이런 자그마한 사람에게 위로를 받다니, 난 정말 한심한 남자야……."

"저기……몇 번이나 말했지만 이래 봬도 키류보다 연상이에요."

길 위에 주차된 차 그늘에 숨어서 어린애 취급당한 코하루가 볼을 부풀렸다.

"아, 슬슬 나가지 않으면 놓칠 거리예요."

"알겠습니다. 이번에는 저 자판기 그늘이네요."

도로에 존재하는 다양한 물체를 이용해 자신들의 존재를 숨기면서 타깃을 뒤에서 추적했다.

쇼마 본인에게 사정을 알아내지 못했기 때문에 그의 행동을 감시하며 진실을 밝혀낼 속셈이었다.

이 미션에는 미즈하도 참가하고 싶어 했지만 역시 세 사람의 미행은 너무 눈에 띄기 때문에 어제에 이어 케이키와 코하루 둘이 임하게 되었다.

"테니스부는 오늘은 쉬는 날이었죠?"

"네. 고문 선생님이 출장을 가셔서 쉬게 된 것 같아요. ……평소라면 동아리가 쉬는 날은 데이트 신청을 했는데……."

"HR이 끝나는 대로 허둥지둥 교실을 나갔으니까요. ……게다가 이 방향은……."

"……네, 이쪽은 쇼마의 집과는 다른 방향이에요."

학교를 나간 쇼마는 그의 자택이 있는 주택지와는 다른 방향으로 걸어갔다.

동아리가 쉬게 됐는데 코하루에게 연락도 하지 않고 그렇다고 바로 귀가하는 것도 아니라면, 왠지 더욱더 수상하게 느껴졌다.

(……혹시 또 어제 그 사람과 만날 생각인 걸까?)

코하루도 같은 생각을 하는 모양인지 그 표정이 살짝 어두워졌다.

"역시 바람을 피우는 걸까요?"

"아닐 거예요……아마."

"으윽……역시 내가 땅딸보라서……벌써 고등학교 3학년인데 반에서 가슴이 제일 작으니까……."

"오히려 쇼마가 정말 좋아하는 거잖아요. 그 개성은 소중히 아껴야 한다고 생각해요."

바보 같은 말을 하면서도 타깃의 추적은 소홀히 하지 않았다.

저벅저벅 걸어가는 꽃미남의 보폭에 맞춰서 케이키와 코하루도 이동했다.

역시 익숙한 건지, 코하루의 스토킹 기술은 높은 레벨이었고, 목표물이 눈치채는 일 없이 뒤를 쫓을 수 있었다.

"……굉장하긴 한데, 평범하게 살아간다면 필요 없는 기술이겠지."

쓸데없는 스킬을 배우면서 미행을 계속하길 십몇 분.

타깃이 찾아간 곳은 역 앞 광장이었다.

역 자체에 볼일이 있는 건 아닌 것 같았고 시계 기념비 옆에서 걸음을 멈춘 쇼마는 스마트폰을 만지작거리기 시작했다.

"……아무리 생각해도 연인을 기다리고 있는 느낌인데요."

"그치만 아직 결정된 건 아니니까요."

"그렇겠죠. 너무 가까이 가면 안 되니까 이 근처에서 상태를 지켜보죠."

광장 입구 부근, 작은 빌딩 그늘에 몸을 숨겼다.

잠시 쇼마를 관찰하던 코하루가 '아앗?!' 하고 소리를 높였다.

"왜 그러세요?"

"쇼마가 지나가는 여자 초등학생을 상냥한 미소로 바라보고 있어요!"

"오오……역시 로리콘."

"으으음……다른 여자아이에게 눈을 돌리다니……역시 나 같은 합법 로리보다 비합법 천연 로리가 더 좋은 걸까요?"

"천연 로리에게 손을 대면 범죄예요. 일단 진정하세요."

"그, 그래요…… 평정을 잃고 말았네요."

"하지만 이걸로 확실해졌어요. 초등학생에게 흥미를 보이는 걸 보면, 쇼마의 로리콘은 건재하다고 생각해도 되겠죠."

"아, 역시나! 그렇다면 아직 기회가 있는 거네요!"

이름도 모르는 여자 초등학생 덕분에 쇼마의 로리콘이 건재하다는 게 증명되었다.

이걸로 그가 그 여성과 사귄다는 선은 거의 사라졌다고 말해도 되겠지.

당초 상상대로 수수께끼 미녀의 일방적인 짝사랑일 가능성이 농후해졌다는 것이다.

"그런데 코하루 선배는 체격이 작은 걸 신경 쓰고 있는 건가요? 아까도 자신을 땅딸보라고 했고."

"글쎄요. 여자로서는 역시 토키하라 같은 스타일을 동경하게 되죠."

"그 사람은 전투력이 너무 높은 것 같은 기분도 드는데……."

특히 어떤 부분인지는 말하지 않았지만 말하지 않아도 알 수 있을 거라고 생각한다.

"하지만 난 쇼마를 위해서라면 가슴이 자라지 않아도 괜찮아요. 작은 채로도 그가 좋아해 준다면."

"코하루 선배……."

웃는 얼굴로 그런 대사를 늘어놓는 코하루가 너무 기특해서 가슴이 '지잉' 하고 울렸다.

동시에 반드시 그녀의 사랑을 이뤄주겠다고 마음속으로 맹세했다.

—상황에 변화가 나타난 건 그때였다.

쇼마가 있는 역 앞 광장에, 친근하게 '쇼마~!'라고 손을 흔들며 짧은 머리의 미녀가 나타난 것이다.

"아, 그 사람이에요!"

"정말이네!"

역 쪽에서 걸어온 그 여성은 틀림없이 어제 그 미녀—.

게다가 그녀 옆에는 또 한 명의 다른 여성의 모습이 보였다.

"또 새로운 여자가 늘었어요!!"

"아, 아아……진짜야?"

여기서 설마 하던 새로운 캐릭터 등장.

키는 어제 그 미녀와 비슷했지만, 이쪽은 머리 길이가 중간 정도로 긴 게 특징이었다.

어제 미녀는 친숙한 짧은 바지 차림이었고 새로운 캐릭터 쪽은 청초한 디자인의 블라우스에 긴 스커트를 입고 있었다.

"……응? 어라? 저 두 사람…… 어디서 본 적 있는 것 같은데……?"

어제는 어두웠기 때문에 알아차리지 못했지만, 그녀들은 낯이 익었다.

생각이 안 나 고개를 갸웃거리는 케이키 옆에서 코하루가 '아앗?!'이라고 다시 소리를 높였다.

그녀의 시선 끝에서 미녀 두 사람이 쇼마의 팔을 끌어안았다.

오른팔에 짧은 머리의 여성.

왼팔에 긴 머리의 여성.

좋아하는 남자가 양손에 꽃을 든 상태가 되자 역시 분노가 끓는점에 도달한 듯 코하루가 오들오들 어깨를 떨었다.

"이제 못 참겠어요! 직접 물어보고 올게요!"

"앗?! 코하루 선배?!"

말리는 케이키를 뿌리치고 그녀는 그의 곁으로 뛰어나갔다.

"쇼마!"

"응? 코하루?"

눈앞에 나타난 파카 소녀를 보고 쇼마가 깜짝 놀랐고 지나가던 사람들도 '뭐야, 뭐야?'라며 걸음을 멈추고 코하루에게로 시선을 집중시켰다.

"바람은 나쁜 거라고 생각해요!"

작은 몸에서 뿜어져 나오는 포효에 주변이 잠잠히 고요해
졌다.

"……뭐?"

갑자기 혼이 난 쇼마는 무슨 말인지 알 수 없겠다는 얼굴을
했고.

같이 듣고 있던 미녀 중 짧은 머리의 여성이 웃음을 터뜨
렸다.

"아하하, 재미있는 아이네! 그런 열혈 파이팅, 언니는
좋아해."

"네……? 어, 어라?"

연적의 예상 밖의 반응에 당황한 모습을 숨기지 못하는
코하루.

그런 파카 소녀에게 열혈 파이팅을 좋아하는 여대생이 다
가왔다.

"저기? 네가 혹시 쇼의 여자친구?"

"아, 네! 맞아요! ……사실은 아직 임시지만."

"그래, 그렇구나. 쇼의 여자친구라면 우리도 제대로 자기
소개를 해야겠지?"

"그러게."

"……응?"

어제 그 미녀 옆에 있던 또 한 명의 여성이 나란히 선 순간,
코하루에게서 놀란 목소리가 새어나왔다.

왜냐하면 눈앞에 서 있는 두 사람의 얼굴이 정말 똑같았기 때문에.

"반가워. 난 아키야마 아사히. 쇼의 누나야."

"마찬가지로 쇼의 누나인 유우히라고 해."

쇼마의 누나라고 말한 **쌍둥이 자매**는 거울에 비친 것처럼 똑같은 모습으로 미소 지었다.

◇

자기소개 후 아사히의 '서서 이야기하는 것도 좀 그러니까 가게로 들어갈까?'라는 제안에 5명은 근처 세련된 카페로 들어갔다.

각자 음료를 주문하고 커다란 테이블 석에 자리를 잡았다.

쌍둥이 자매 사이에 코하루가 앉고 그 맞은편에 남자들이 앉은 형태.

마주 보고 오른편에 머리가 짧은 쪽이 언니인 아사히였고 왼편에 머리가 긴 쪽이 동생인 유우히였다.

잘 보면 여동생 쪽이 약간 눈꼬리가 처져 있었고 쌍둥이라도 세세한 차이점이 있었다.

"흐음, 코하루라고 하는구나. 작고 귀엽네."

"쇼의 취향에 딱 맞는 여자아이야."

아사히가 코하루의 얼굴을 쓰다듬었고 유우히는 코하루

의 뺨을 손가락으로 꾹꾹 눌렀다.

밝고 붙임성이 있다는 점은 자매 공통이었지만 받는 인상은 꽤 달랐다.

그녀들을 한 마디로 설명하자면 '활기찬 언니'와 '단아한 동생'으로 느껴진달까.

(그래서 낯이 익었구나…….)

쇼마의 집에 놀러갔을 때, 몇 번인가 이 자매와 우연히 만난 적이 있었다.

그런 걸 생각하고 있는데 코하루를 괴롭히던 아사히가 케이키에게로 시선을 돌렸다.

"케이도 오랜만이네. 요즘 자주 못 만났지?"

"그러게요."

"혹시 케이에게도 여자친구가 생긴 거야?"

"그랬다면 좋았을 텐데요."

여자친구가 생긴 건 아니지만 쇼마의 집에 갈 기회가 적어진 건 사실이었다.

케이키는 변태 소녀들을 돌보느라 바빴고 쇼마에게도 코하루라는 여자친구(임시)가 생겨서 남자끼리 어울릴 시간이 줄어들었다.

"그건 그렇고 깜짝 놀랐어. 같이 쇼핑하러 가려고 쇼를 불렀는데 동생 여자친구에게 애인 취급을 받게 되다니."

"그, 그 점에선 정말 폐를 끼쳤습니다…….."

"아하하. 재미있었으니까 괜찮아. 하지만 코하루는 왜 쇼마가 바람을 피운다고 생각한 거야?"

아사히가 묻자 코하루는 어색한 표정으로 대답했다.

"실은 어제, 쇼마와 아사히 씨가 공원에서 이야기하는 걸 보고 말았어요. 결혼해달라고 하는 걸……."

"아아, 그걸 본 거야? ……아하하, 이거 부끄러운데."

"호. 혹시 쇼마와 아사히 씨는 금단의 관계인가요?!"

"아니, 아니야. 걱정 안 해도 돼. 그건 연극 연습이었으니까."

"연극?"

고개를 갸웃거리는 코하루에게 쇼마가 설명했다.

"아사 누나는 대학 연극부에 있거든. 난 그 연습을 도와준 거고."

"동아리 연습장을 수리하거든. 당분간 쓸 수 없게 돼서 각자 집에서 트레이닝하게 됐는데 역시 집에서 큰 소리를 내면 근처에 민폐니까."

"그래서 공원에서?"

"그렇게 된 거지. 혼자 하는 것보다 누군가 상대가 있는 게 연기하는 기분이 드니까 쇼에게 맞춰달라고 한 거야. 오해하게 한 것 같은데, 미안해."

"저, 저야말로 멋대로 착각해서 죄송해요……."

꾸벅꾸벅 고개를 숙인 후 힐끔 쇼마에게로 시선을 보냈다.

"……미안해. 쇼마를 의심해서."

"아, 그건 괜찮아. 코하루 같은 작은 아이가 질투하는 건 쇼에겐 상이니까."

"누나, 시끄러워."

"이런, 이런, 부끄러워하기는. 쇼도 참, 정말 귀엽다니까."

코하루와의 일을 놀리자 빨개지는 쇼마.

그런 남동생의 반응에 싱글거리는 걸 멈추지 않는 아사히.

오해가 풀리면서 코하루에게도 미소가 돌아왔다.

"다행이네요, 코하루 선배."

"네."

아키야마 쇼마의 바람 의혹이 풀리고 드디어 한 건 해결되었다.

"쇼마도 그럼 그렇다고 말해줬으면 좋았을 텐데. 말하고 싶지 않다고 하니까 나도 의심했잖아."

"오해할 만한 말투로 이야기한 건 사과할게. 하지만 나에게도 사정이 있었어."

"사정이라니?"

쌍둥이 자매에게 들리게 하고 싶지 않은 건지

얼굴을 가까이한 쇼마가 작은 목소리로 말했다.

"연극 연습이라고는 해도 친누나가 끝없이 사랑의 말을 속삭이는 악몽 같은 일은 떠올리고 싶지도 않았어……."

"아아, 쇼마는 누나들을 안 좋아했었지."

생각해보면 친누나가 사랑을 속삭이다니, 그건 가벼운 고문이었다.

연상의 여성을 싫어하는 쇼마에겐 정말 악몽 같은 시간이었을 것이다.

"하지만 코하루 선배에게 사정을 이야기하는 것 정도는 문제없잖아. 선배, 엄청 신경 쓰고 있었어."

"어설프게 사정을 이야기했다가 코하루를 누나들과 만나게 하고 싶지 않았어. 분명 귀찮은 일이 생길 테니까."

"귀찮은 일?"

물음표를 띄운 케이키가 시선을 맞은편으로 옮겼을 때, 소곤소곤 이야기하는 두 남자는 거들떠보지도 않고 미인 자매는 전력을 다해 코하루를 귀여워하고 있었다.

유우히 씨와 아사히 씨는 코하루에게 볼을 비비며 황홀한 표정을 지었다.

"하아아…… 코하루는 정말 귀여워. 우리 여동생으로 삼고 싶어."

"코하루가 쇼랑 결혼하면 자동으로 우리 여동생이 되는 거 아니야?"

"후에에에엣?! 겨, 결혼?!"

왠지 흐뭇한 걸즈 토크를 나누고 있는 것처럼 보이지 않지만 이게 쇼마가 말하는 '귀찮은 일'이라는 걸까?

"아, 하지만─."

"응, 역시나――."

언니와 동생이 얼굴을 마주보고 쿡쿡 미소 지었다.

"――아무리 코하루가 착한 아이라고 해도."

"――그렇게 쉽게 쇼를 줄 순 없지."

쌍둥이 자매의 발언으로 그 자리의 공기가 얼어붙었다.

방금까지의 가정적인 분위기는 어디 간 걸까.

갑자기 자욱해진 차가운 공기에 코하루는 뱀에게 노려지는 개구리처럼 경직됐다.

"……어라? 왠지 심상치 않은데……."

"이거 봐, 역시 이렇게 됐어……."

"무슨 말이야?"

"전에 이야기했잖아. 누나들은 중증 브라더 콤플렉스라고."

"……아."

쇼마는 이전, 자신이 로리콘이 된 건 브라더 콤플렉스인 누나들이 원인이라고 말했었다.

들은 이야기로는 이 자매, 밸런타인데이에 자신들의 몸에 초콜릿을 바르고 목욕 중인 동생에게 다가간 적이 있다고도 했다.

(……역시나. 요컨대 이 사람들도 변태구나…….)

아무래도 이 세계에는 자신이 생각하는 것보다 훨씬 많은 변태로 넘쳐나고 있는 듯했다.

케이키가 세상을 비관하고 있는데 아사히가 무언가가

번뜩인 듯 손뼉을 쳤다.

"언니에게 좋은 생각이 떠올랐어!"

"우연이네, 아사히. 나도 좋은 생각이 떠올랐는데."

"조, 좋은 생각이라뇨……?"

브라더 콤플렉스 자매 사이에 끼여 완전히 겁을 먹은 코하루가 되묻자 두 사람은 기분 좋은 듯한 미소를 지으며 고개를 끄덕였다.

"코하루가 쇼에게 어울리는 여자인지 아닌지."

"지금부터 테스트하고 싶어."

이렇게 아키야마 가문이 자랑하는 미인 자매의 제안에 따라 오오토리 코하루의 신부 시험을 실행하게 되었다.

쌍둥이 자매의 제안에 대해 남동생의 항의는 당연한 것처럼 각하되었고 코하루의 시험을 위해 이동하게 되었다.

"미안, 코하루. 나 때문에 이상한 일에 휘말려서."

"아뇨, 그런 건 신경 안 써요."

"이렇게 될 줄 알았기 때문에 코하루를 누나들과 만나게 하고 싶지 않았는데."

해 질 녘의 인도를 아사히와 유우히 자매를 선두로 걸어가고 있었다.

당사자인 코하루와 쇼마, 그리고 이어서 케이키까지 동행했다.

"……왜 나까지 동행하고 있는 거지?"

"여기까지 왔으니까 마지막까지 같이 해줘. 솔직히 나 혼자선 누나들이 폭주했을 때 말릴 자신이 없어……."

"잠깐만, 지금부터 무슨 일이 일어나는 거야?!"

전전긍긍한 두 남자에게 아사히가 걸어가면서 말을 걸었다.

"그렇게 겁먹지 않아도 법에 저촉되는 짓은 하지 않을 거니까 괜찮아."

"그래, 그래. 우리가 생각한 두 가지 시험에 합격하면 되는 거니까."

"누나들이 생각했다는 시점에서 불안하기 짝이 없는데……."

"지친 얼굴의 쇼마라니, 별일이네요……."

"쇼마는 누나들을 별로 좋아하지 않거든요."

신부 시험은 아사히와 유우히가 시험관이 되고 각자가 생각한 두 가지의 시험을 클리어하면 합격인 것 같았다.

"그것보다, 코하루 선배가 아사히 누나랑 유우히 누나를 모르는 게 의외였어요. 틀림없이 쇼마의 일이라면 뭐든 알고 있을 줄 알았는데."

"누나가 있는 건 알고 있었지만, 스토킹을 시작했을 무렵에는 쇼마밖에 보지 않았거든요."

"아아, 그렇군요……."

케이키와 코하루가 소곤소곤 이야기하고 있는데 앞에서 걸어가던 자매가 동시에 걸음을 멈췄다.

"첫 시험 장소는 여기야!"

"노래방?"

그곳은 어디에나 있는 평범한 노래방이었다.

모두 다 들어가서 계산을 마치고 우르르 방으로 향했다.

방 안에 들어가서 가방을 내려놓은 아사히가 바로 마이크를 손에 들고 코하루에게 건넸다.

"자, 여기, 코하루의 마이크."

"아, 네…… 첫 시험은 가창력 테스트인가요?"

"응? 아니야. 노래를 부를 필요는 전혀 없어."

"""네?"""

노래방에서 노래를 부르지 않는다고?

아사히의 의미 불명의 발언에 고등학생들이 모두 의아해했고 케이키가 대표로 의문을 제기했다.

"저기, 노래 승부가 아니었나요?"

"그럴 리가 없잖아. 자랑은 아니지만 아사히 언니는 음치니까!"

"정말 자랑은 아니네요……. 그럼 왜 노래방에?"

"뭐? 음식점에서 소란스럽게 하면 가게에 민폐잖아?"

"그런 점에선 상식인이네요……."

알몸으로 남동생을 덮칠 정도로 전대미문의 자매였지만 그런 배려는 할 수 있는 듯했다.

"아, 코하루는 유우히랑 앉아. 남자 두 사람은 그쪽 의자에."

지시를 내린 후 모두를 자리에 앉히고 마이크를 손에 든 아사히가 TV 앞에 섰다.

"자——, 그럼 아사히 누나의 시험으로 지금부터 '쇼 퀴즈 대회'를 실시합니다!"

"""쇼 퀴즈 대회?!"""

스피커에서 큰 음량으로 전해진 아사히의 통지에 고등학생들의 목소리가 하모니를 이뤘다.

"이름 그대로 쇼에 관한 퀴즈를 출제하는 퀴즈 대회입니다."

"여자친구라면 쇼에 대해서는 뭐든 아는 게 당연하니까."

"쇼와 코하루를 떨어뜨려 놓은 건 커닝 방지를 위해서랍니다. 결코, 누나가 심술궂게 하고 싶어서가 아니니까 언짢게 생각 말아 주세요."

"심술궂게 하고 싶었던 거군요……."

"본심이 자연스럽게 흘러나왔네……."

두 남자가 미적지근한 시선을 아사히에게 보내는 가운데 코하루만은 진지한 표정을 지었다.

"그래서 아사히 씨, 몇 문제의 정답을 맞히면 합격인가요?"

"너무 많아도 좀 그러니까 10문제 중 8문제의 정답을 맞히면 합격하는 거로 할까?"

"8문제요……?"

합격 라인이 80%라니, 꽤 높은 난이도였다.

하지만 코하루는 침착한 모습으로 마이크 전원을 넣고

출제자 쪽으로 몸을 돌렸다.

"알겠습니다. 바로 출제를 부탁드릴게요."

이렇게 아사히 주최 퀴즈 대회가 시작되었다.

시작은 됐지만……그 대회는 놀라울 정도의 진행 속도로 끝을 맞이하게 되었다.

"……8번. 쇼는 머리가 긴 아이와 짧은 아이 중 어느 쪽을 더 좋아하나요?"

"어린 여자아이라면 머리 길이에 집착하지 않는 타입입니다."

"정답……."

코하루의 막힘없는 대답에 아사히가 전율했다.

"뭐, 뭐야, 이 아이?"

"모, 모든 문제의 정답을 맞췄어……."

코하루는 출제된 8개의 문제 모두 정답을 맞혔다.

출제 수는 10문제였지만 이 시점에서 시험은 클리어했다.

"코하루는 나 이상으로 나에 대해 자세히 아니까."

"전직 스토커니까."

스토커 소녀의 정보량은 압권이었다.

좋아하는 음식 등 온순한 문제부터 고1때의 시험 성적 등 짓궂은 문제까지 아사히의 퀴즈를 고민도 하지 않고 격파했다.

"그, 그렇다면— 쇼의 거기 사이즈는 몇 센티인가요?!"

"거기……?!"

"아사히 누나 아웃!! 그건 완전히 아웃이야!! 이미 8문제가 끝났고 애초에 누나도 그건 모르잖아!"

출제자에게 레드카드가 나오면서 퀴즈 대회는 종료.

아사히의 시험은 코하루의 승리로 막을 내렸다.

노래방에 들어가서 한 곡도 부르지 않고 나오는 인생 첫 경험을 한 뒤, 5명은 바로 다음 시험장으로 향했다.

"나의 시험은 이 가게에서 시행하겠습니다."

유우히가 시험장으로 선택한 곳은 여성복을 파는 옷가게.

귀여운 옷들이 진열되어 있고 달콤한 향기가 감도는 세련된 옷가게였다.

"여자라면 멋에는 신경을 써야지. 그런 이유에서 코하루는 나와 패션 감각으로 대결할 거야. 제한 시간 내에 옷을 선택하고 심사위원이 심사하는 느낌으로."

"하지만 유우히 씨, 그럼 승패가 심사위원의 마음에 달린 거 아니에요?"

"걱정할 필요 없어. 여기에 리스트 밴드 형태의 심박계가 있으니까."

"왜 그런 걸 갖고 있는 거야……?"

유우히가 꺼낸 건 손목시계 형태의 심박계였다.

"이 수치로 승패를 결정할 건데 심사위원은 케이에게 부탁할게."

"저요? 쇼마가 아니라?"

"로리콘인 쇼를 심사위원으로 정하면 복장과 관계없이 내가 질 게 뻔하잖아?"

"아아……."

납득이 가는 이유였다.

"선택한 옷을 케이키에게 보여주고, 더욱더 두근거리게 한 사람이 이기는 거야."

"저, 저도 열심히 할게요! 열심히 해서 키류를 두근거리게 해볼게요!"

그렇게 30분이라는 제한시간이 주어지고 두 사람의 옷 고르기가 시작되었다.

즉시 승부복을 물색하기 시작하는 코하루와 유우히.

주눅이 든 두 남자는 가게 구석에서 대기하고 아사히는 적당히 상품을 응시하고 있었다.

그렇게 진지한 얼굴로 옷을 고르고 있는 코하루에게 자신도 옷을 고르면서 유우히가 말을 걸었다.

"코하루, 질문 좀 해도 될까?"

"뭔데요?"

"쇼랑 벌써 했어?"

"네?!"

너무 직접적인 질문에 코하루가 순간 새빨개졌다.

"이런, 이런, 유우히. 섬세하지 못한 질문이었어."

"아, 아사히 씨……."

"연인 사이니까 당연히 했겠지!"

"흐에엑?!"

필사적으로 고개를 흔드는 코하루의 반응이 '안 했어요!'라고 호소하고 있었다.

"미안해. 유우히는 그런 이야기를 아주 좋아하거든."

"우후후, 이래봬도 난 여러 가지로 오픈되어 있으니까. 음란한 것도 아주 좋아해."

"네? 음란한 거라니……."

유우히의 커밍아웃에 코하루가 더욱더 빨개졌다.

"난 이래 봬도 경험이 풍부한 편이야. 같은 남자친구와 계속 사귄 최장기록이 3개월, 최단 기록이 3시간인 여대생 고객이 여기 있습니다."

"너무 짧은데?! 그 3시간 사이에 무슨 일이 있었던 건가요?!"

"그건 뭐, 큰 소리로 말할 순 없지만……남자와 여자의 행위 같은 것?"

"거의 다 말씀하셨잖아요!!"

"처음에는 상냥한 사람이라 괜찮을 줄 알고 OK를 했는데 실제로 해보니 좀 별로였다고나 할까. 역시 남자는 상냥하기만 하면 안 돼. 개인적으로는 다소 난폭한 쪽이 더 기분 좋―."

"유우히 스톱! 그 이상은 코하루에게 들려주면 안 돼!"

"어, 어른이시네요……."

아키야마 유우히는 청초한 겉모습에 반해 여러 가지로 문란한 것 같았다.

그런 외설스러운 토크를 전개하는 여자들을 두 남자가 멀리서 바라보았다.

"……우리, 이 걸즈 토크를 들어도 되는 걸까?"

"……난 그만 집에 가고 싶어졌어."

"아니, 유우히 누나는…… 정말 그래?"

"유우 누나는 옛날부터 금방 반하는 편이었거든. 좀 상냥하게 대해주기만 해도 좋아하게 되는 타입이야."

"흐음……."

"반대로 아사 누나는 저렇게 보여도 순정적인 타입이고."

"너무 의왼데."

청초한 겉모습의 여동생이 여러 가지로 경험이 풍부하고 밝은 성격의 언니가 실은 순정적이라니, 이 세상은 다양한 불가사의로 가득했다.

이러저러해서 두 사람이 옷을 고르기 시작한 지 30분 후.

"그럼 갈아입고 올 테니까 기다려."

"기대하고 있어요!"

좌우로 놓인 2개의 탈의실에 각각 유우히와 코하루가 들어갔다.

"솔직히 난 코하루만 볼 수 있으면 되는데."

"너무 솔직한 거 아니냐?"

"설령 글래머를 좋아하는 케이키가 심사위원이라고 해도 코하루의 귀여움이라면 이길 거라고 믿고 있어."

"이봐, 작은 가슴 신자. 사람의 취향을 공공장소에서 폭로하지 말아줄래?"

"두 사람의 가슴 취향이 어떻든, 이번 시험은 어렵지 않을까?"

남자들의 대화에 갑자기 아사히가 불쑥 끼어들었다.

"함축성이 있는 말투네. 나의 코하루가 유우 누나에게 질 거라고 생각해?"

"여동생 자랑은 아니지만 유우히의 패션센스는 정평이 나 있으니까."

"확실히 유우히 누나는 굉장히 여성스러운 것 같던데요."

"그 아이는 잡지 모델도 하고 있거든."

"네? 정말요?!"

"믿기 힘들겠지만 정말이야. ……참나, 그런 중년 여자의 어디가 좋다는 건지."

"중년이라니……우리랑 별로 차이도 안 나잖아."

쌍둥이 자매는 분명 대학교 2학년생이었으니까 아직 20살 아니면 21살일 것이다.

이런 사람들이 중년이라면 이 세상 대부분의 인간이 중년일 것이다.

미지의 로리콘의 어둠을 엿보고 있는데 탈의실 안에서 소리가 들렸다.

"심사위원님? 준비가 다 됐으니까 나부터 나갈게~."

"그러세요~."

심사위원을 맡은 케이키도 손목에 심박계를 차고 모든 준비를 마친 상태였다.

왠지 모르게 감도는 긴장감 속, 왼쪽 탈의실 커튼이 오픈되었다.

"짜잔! ······어때?"

"오오, 이거 귀여운데!"

유우히가 선택한 건 연한 파란색 원피스였다.

"아니, 정말 귀여워요. 옷단이 짧아서 아름다운 다리가 아슬아슬한 부분까지 보이고 매끈매끈한 천은 속살이 비쳐 보이고 섹시한 브래지어와 팬티가 어렴풋이 보여서— 잠깐, 속옷이 다 보이잖아요!!"

그녀가 몸에 두른 건 원피스 타입의 섹시한 네글리제였다.

완전히 동정을 죽이는 타입의 전투복이었다.

"이건 패션센스 승부 맞죠?!"

"여자에겐 밤에 입는 승부복 센스도 필요해. ······게다가 이러니저러니 해도 케이의 시선이 나에게 고정되어 있잖아?"

"으윽······."

"사실은 쇼도 봐줬으면 좋겠는데······."

"스마트폰만 갖고 놀고 있네요······."

로리콘 신사는 스마트폰으로 퍼즐 게임을 만끽하고 있었다.

"그럼 케이의 심박수는……110인가. 꽤 높네."

심박계를 확인한 아사히가 결과를 발표했다.

일반적으로 110이라면 가볍게 운동을 한 정도의 심박수라고 했다.

"하지만~? 케이라면 좀 더 올릴 수 있지~?"

"으에엑?! 유, 유우히 누나?! 왜 팔을 끌어안는 거예요?!"

"오오. 케이의 심박수가 150을 돌파했어."

"어떻게 된 거야?!"

유우히가 팔을 끌어안고 부드러운 가슴을 눌러대자 심박수가 뛰어오르고 말았다.

하늘하늘한 네글리제 천은 너무 얇아서 감촉이 거의 맨살 같았다.

"내가 부족한 탓에 코하루 선배를 불리하게 만들다니……아니, 역시 지금 그건 치사하지 않나요?"

"흐—음. 쓸 수 있는 건 쓰지 않으면 손해잖아. 케이도 나의 매력에 두근거린 주제에~."

"그거야 그렇죠. 왜냐하면, 유우히 누나는 엄청 미인이니까."

"뭐? ……아, 으응…… 그렇게 솔직하게 칭찬하면 좀 쑥스러운데……."

연하남에게 칭찬받아 웬일인지 쭈뼛거리기 시작하는 유우히.

"······가끔은 연하도 괜찮을지도."

"네?"

"으—음, 아무것도 아니야. —그럼 다음으로 코하루 차례네."

"그 차림으로 계속하려고요? ······아니, 이제 상관없지만."

변태라고 불리는 인종에게 말이 통하지 않는다는 건 이미 체험을 한 상태였다.

정신을 가다듬고, 이번에는 대항마인 코하루의 차례였다.

"코하루 선배, 준비는 다 됐어요?"

"주, 준비 OK예요!"

"저도 준비 OK예요."

"넌 정말 알기 쉽구나······."

스마트폰으로 게임을 하고 있던 로리콘이 부활하고 케이키 옆에 나란히 앉자 탈의실 커튼이 열렸다.

"이, 이건······?!"

나타난 코하루의 모습에 심사위원이 자신도 모르게 숨을 죽였다.

"로리 간호사······라고?!"

탈의실에서 나온 건 백의의 천사였다.

핑크빛 간호사복을 입고, 머리에 간호사 모자를 쓰고, 사랑스러운 다리를 스타킹으로 감싸고, 작은 손에는 체온계까지 완비하고 있었다.

완벽한 로리 간호사가 거기 서 있었다.

"……체, 체온 잴 시간이에요."

"커허허허억!!"

간호사로 변모한 선배가 너무 존경스러워서 자신도 모르게 바닥에 무릎을 꿇었다.

(치사해! 이건 치사해! 이건 너무 귀엽잖아……!)

어린 외모에 간호사복이라는 조합이 참을 수 없었다.

자백하자면 케이키는 바니걸만큼 간호사를 정말 좋아했다.

"응?! 설마 했는데 200이 넘어갔잖아?! 케이의 심박수가 위험한 수준까지 올라갔는데?!"

"……케이도 로리콘이었구나."

"오해예요! 내가 좋아하는 건 평범한 글래머 누나라고요!"

심박계를 본 아사히가 놀라 목소리를 높였고, 유우히가 한심스러운 눈으로 케이키를 바라보았으며 로리콘 의혹을 받은 용의자가 필사적으로 억울함을 주장했다.

"난 그저— 간호사복을 정말 좋아하는 것뿐이에요!"

"케이는 뜻밖의 취미의 소유자였구나……."

한숨을 쉰 유우히가 시선을 아래로 떨궜다.

"이쪽은 이쪽대로 빈사의 중상을 입었고……."

케이키 옆에서 오른손으로 가슴을 움켜쥔 로리콘이 엎드린 상태로 쓰러져 있었다.

로리 간호사의 충격에 심장이 견디지 못한 것 같았다.

"······하아, 이건 완벽하게 나의 패배네."

"나이스 파이팅이었어, 유우히!"

패배한 여동생을 언니가 잘했다고 위로했다.

"하지만 코하루 선배는 왜 그 옷을 선택한 거예요?"

"키류의 장서 중에 간호사물이 많다는 걸 미즈하에게 들었거든요."

"미즈하아아아아아아?!"

오빠의 사생활이 여동생을 경유해 누설되고 있었다.

"그리고 바니걸이나 학교 수영복도 좋아하죠?"

"이제 좀 봐주세요······아니, 간호사복이 용케 여기 놓여 있었네요."

"커플 플레이로 사용된다는데, 일정 수요가 있는 것 같더라고요."

"이 나라는 정말 괜찮은 걸까······?"

여하튼 신부 시험은 이걸로 종료.

슬슬 점원의 시선이 따가워졌고, 가게 안에서 철수해야 했기 때문에 네글리제 차림의 언니와 로리 간호 소녀를 탈의실로 돌려보냈다.

입어본 승부복이 마음에 든 건지 사복으로 갈아입은 유우히는 그 섹시한 네글리제를 구입했다. 그리고 웬일인지 간호사복까지 종업원을 통해 코하루에게 선물했다.

그렇게 5명이 가게를 나갔을 때 밖은 완전히 어두워져 있었다.

"코하루의 시험은 합격. 우리의 완패야. 쇼를 잘 부탁해."

"짓궂게 군 걸 용서해줘."

"아뇨, 쇼마의 누님들과 이야기를 할 수 있어서 정말 즐거웠어요."

"이 아이, 굉장히 좋은 아이야!"

"꺄악?! ……아, 아사히 씨?!"

아사히에게 안긴 코하루가 당황해하고 있었다. 귀여웠다.

여고생의 감촉을 만끽한 아사히가 빛나는 표정과 함께 코하루를 해방해주었다.

"그럼 우리는 슬슬 돌아갈까? 코하루, 다음에 또 언니들이랑 놀자."

"쇼, 코하루를 잘 바래다주고 와."

"알았어."

바이바이, 손을 흔들며 쌍둥이 자매가 집으로 돌아갔다.

"……하아, 쇼에게도 드디어 여자친구가 생긴 건가?"

"아사히는 특히 쇼에게 푹 빠져 있었으니까."

"그치만 쇼보다 멋있는 남자가 없는걸. ……역시 남자들은 연하가 더 좋은 걸까?"

"코하루는 3학년이라고 하던데?"

"뭐?! 그 아이, 쇼보다 연상이야?!"

사이좋게 이야기를 나누면서 멀어져가는 두 사람을 배웅하고 남겨진 세 사람은 서로 마주 보았다.

"아사히 누나는 코하루 선배를 1학년이라고 생각한 걸지도 몰라."

"교복을 입지 않았으면 초등학생이라고 생각했을지도 모르지."

"쇼마는 섬세함이 너무 부족해요."

푸우, 하고 볼을 부풀리는 코하루가 부드러워졌을 때 케이키도 물러나기로 했다.

"미즈하가 기다리고 있으니까 나도 이만 가볼게."

"키류, 오늘은 고마웠어요."

"선배를 위해서라면 이런 건 별것 아니에요. 간호사복을 입은 모습도 봤고."

"가, 간호사에 대해선 잊어줘요!"

기분 좋게 입고 있는 것처럼 보였지만 내심 꽤 부끄러웠던 모양이다.

쇼마와의 사이를 인정받고 싶어서 노력한 거겠지.

그녀의 기특한 모습이 정말 멋지다고 생각했다.

"쇼마, 돌아갈 때 조심해서 가."

"그래, 코하루가 위험에 처하지 않게 조심할게."

"아니, 네가 가장 위험할 것 같은데."

"무슨 뜻이야?!"

"밤길에 치한으로 변하는 늑대를 조심할게요."

"코하루까지?!"

헤어질 때 케이키는 코하루와 협력해서 쇼마에게 은밀하게 복수를 했다.

이번에는 이 로리콘 남자 때문에 엄청나게 휘둘리고 말았으니까.

이 정도의 복수는 용서될 거라고 생각했다.

◇

케이키와 헤어진 후 쇼마는 코하루를 바래다주기 위해 그녀의 집을 향해 걸었다.

몸집이 작은 코하루는 보폭이 좁았기 때문에 필연적으로 두 사람의 걸음은 늦어졌다.

오늘 있었던 일, 쌍둥이 자매, 신부 시험 등 그동안 만나지 못한 시간을 메우기라도 하려는 듯 두 사람은 서로 이야기를 나누었다.

"아, 거의 다 왔네요."

"그러게……."

시간은 충분히 있었는데, 본론을 꺼내기도 전에 코하루의 집 근처까지 다다르고 말았다.

"저기, 코하루, 잠깐 다른 데 들러도 될까?"

"다른 데 들른다고요?"

"조금 더 이야기하고 싶은데."

"네, 그건 괜찮은데……."

그렇게 쇼마가 코하루와 찾은 곳은 근처 공원.

달빛 아래, 부지 중간쯤에서 걸음을 멈추고 쇼마는 코하루를 향해 돌아섰다.

"벤치에 안 앉아요?"

"금방 끝날 거니까. 코하루가 내 무릎에 안고 싶다면 기쁘게 앉겠지만."

"또 어린애 취급하는 거죠……? 이래 봬도 쇼마보다 누나라고요."

"아하하, 알고 있어."

"아니면…… 역시 쇼마는 연하의 여자가 더 좋은 거예요?"

"코하루……."

몸집이 작고 동안에 말하지 않으면 고등학생으로는 보이지 않는 코하루였지만 실제로는 쇼마보다 한 살 연상인 3학년생이었다. 쇼마가 연하를 좋아한다는 걸 아는 그녀는 자신이 연상이라는 게 아무래도 신경 쓰이는 모양이었다.

"미안, 코하루."

"응? 역 앞 광장에서 초등학생 여자아이를 보고 있었던 것 말이에요?"

"아니, 그게 아니라. 코하루를 불안하게 만들어서 미안해.

……케이키에게 혼났어. 코하루 선배를 울리지 말라고."

"키류가……."

"코하루와 거리를 둔 건 누나들과 만나게 되면 폐를 끼치게 될 것 같아서였어. 하지만 그것 때문에 좋아하는 여자를 상처 입히면 안 되겠지."

"네……? 쇼마……지금……."

선뜻 중요한 말을 내뱉은 쇼마가 쑥스러운 듯 뺨을 긁적거렸다.

"즐거웠어. 코하루와 데이트를 하고, 여름 축제 때 포장마차에서 일하고, 중앙정원에서 함께 도시락을 먹고. 그런 식으로 코하루와―연상의 여자와 보내는 시간이 참을 수 없을 만큼 즐거웠어."

아키야마 쇼마에게 연상의 이성은 천적 같은 존재였다.

어릴 때부터 전대미문 누나들의 장난감 취급당하며 연상의 여성은 불합리하고 감당할 수 없는 생물이라고 인식하게 되었기 때문이다.

하지만 오오토리 코하루는 누나들과는 달랐다.

이야기를 해보면 상냥하고, 늘 다른 사람을 생각해주고, 어린 용모와는 반대로 나이에 맞게 어른스러운 여자아이였다. 전직 스토커로 아직 도촬을 계속하고 있는 것도 사실이었지만 그것도 사랑 때문에 한 행동이라고 생각하면 귀엽다고 생각되었다.

결국은 이 시점에서 쇼마의 패배였다.

연상이라든지 도촬마라든지 —.

그런 결점을 전부 용납하고 말 정도로 쇼마는 코하루가 좋았다.

"애매한 관계인 채 질질 끌면서 불안하게 했지? 그래서 나도 각오했어. 이제 코하루를 불안하게 만들지 않을 거야 —."

품고 있는 마음을 전부 실어 작고 귀여운 선배에게 특별한 말을 전했다.

"그러니까 코하루! 나랑, 정식으로 사귀어주세요!"

진지한 고백에 코하루가 숨을 멈추고,

"⋯⋯네."

눈에 눈물을 글썽이며 웃는 얼굴로 제안을 받아들였다.

친구 이상 연인 미만이었던 두 사람의 관계는 이렇게 진짜 커플로 갱신되었다.

"에헤. 에헤헤. 쇼마와 연인사이⋯⋯내가 쇼마의 여자친구가 됐네요."

"그렇게 됐네."

"그럼 만약 내가 성장해서 언니들처럼 커져도 계속 좋아해줄 거죠?"

"⋯⋯응?"

"……응?"

시간이― 멈췄다.

자백하자면 로리콘 쇼마에게 지금 코하루의 외모는 최고의 취향이었다.

할 수 있다면 1밀리도 성장하지 않았으면 좋겠다.

하지만 이 분위기에서 그런 발언을 한다면 파국은 불가피했다.

고백하고 OK를 받는데 3분도 안 돼서 파국이라니, 역대급 불상사였다.

즉 남겨진 선택지는 '고개를 끄덕인다' 이외에는 없다는 건가―.

"무……물론?"

"쇼마는 바보야아아아아아아아!!"

즉시 대답하지 못한 시점에서 이런 결말이 날 거라는 건 결정되어 있었다.

쇼마는 온후한 코하루를 진심으로 화나게 만들고 만 것이다.

"정말 죄송했습니다……!"

최악의 실패를 저지르고 만 남자 후배는 손이 닳도록 빌 수밖에 없었고 자그마한 여자친구에게 전력을 다해 고개를 계속 숙였다.

"정말 미안. 방금 그건 내가 생각해봐도 최악이었다고 생각해."

"이제 됐어요. 로리든 로리가 아니든 그런 건 아무래도 좋을 정도로 나에게 푹 빠지게 해줄 테니까!"

그렇게 내뱉으며 코하루가 쇼마 곁으로 달려와 그 팔을 꽉 껴안았다.

"이제 놓지 않을 거예요."

"우와…… 코하루, 그건 반칙이야……."

여자친구의 너무 귀여운 공격에 관통된 가슴을 움켜쥐는 남자친구.

"하지만 지금은 놔주지 않으면 집에 갈 수 없는데."

"흐−음, 몰라요."

고개를 홱 돌리고 그가 눈치채지 못하게 훗 하고 미소 지었다.

마음속에 자리 잡은 비율이 분노보다 기쁨이 더 많았으니까.

작은 가슴이 행복한 마음으로 가득 차 버렸으니까.

계속 뒷모습을 쫓아다녔지만, 앞으로는 그의 옆에서 걸을 수 있으니까.

늦은 밤, 공원에서 두 사람이 맺어졌을 때, 케이키는 자기 집 거실에서 느긋하게 쉬고 있었다.

앉아 있던 소파 옆에는 밀크티가 든 머그컵을 손에 든 미즈하의 모습도 보였다.

"쇼마의 오해가 풀려서 다행이야."

"정말 사람을 놀라게 하는 녀석이라니까."

"하지만 이러니저러니 해도 내버려 두지 못하는 오빠가 너무 좋아."

"미즈하, 요즘 틈만 있으면 어필을 해오네."

쑥스러우니까 그만해줬으면 좋겠다는 마음과 기쁘니까 좀 더 말해줬으면 하는 마음도 있었다.

그런 식으로 남매가 알콩달콩 시간을 보내고 있는데 테이블 위에 놓인 스마트폰이 짧게 진동했다.

"오오, 쇼마에게서 문자가 왔어. 뭐야…… 하하."

"오빠?"

"아니, 이런 게 도착해서."

"아…… 후훗."

화면을 보여주자 미즈하가 케이키와 똑같은 반응을 보였다.

"우리, 정식으로 사귀게 됐어요."

그런 보고 문자에 첨부된 건 살짝 구부린 쇼마와 코하루가 어깨를 맞댄, 흐뭇한 투샷.

앳된 커플의 행복한 순간을 포착한 사진이었다.

늦더위도 누그러진 9월 중순.

정말 쾌청한 그 날, 케이키의 학교에서는 아침부터 구기 대회가 개최되었다.

"이런—, 졌다, 졌어. 기분 좋게 지고 말았네."

"전혀 적수가 안 됐으니까."

학생들은 원칙적으로 전원 참가 슬로건 아래, 배드민턴 복식 경기장에서 시합에 임한 케이키와 쇼마 페어는 2회전에 만난 상대에게 초심자라고는 생각할 수 없는 연계 플레이를 보여주며 완패.

체육복 차림의 두 사람은 많은 학생들이 스포츠를 즐기는 체육관 구석에서 수건으로 땀을 닦으며 각자 지참한 스포츠 드링크를 들이켰다.

"조금만 더 있으면 점심시간인데 쇼마는 점심은 어떻게 할 거야?"

"오늘은 코하루가 도시락을 만들어줬어."

"여자친구가 직접 만든 도시락이라. 팔자 좋네."

"케이키도 다른 남자애들이 보면 충분히 부럽게 생각할 것 같은데. 귀여운 여자부원밖에 없는 서예부에서 유일한 남자고."

"실제로는 개성이 풍부한 유행 상품밖에 없는 변태 소굴

인데.”

확실히 서예부 여자부원들은 귀여웠다.

그래, 겉모습은 굉장히 귀여웠다.

다만 알맹이가 심각하게 맛이 갔다.

도M의 변태, S적인 성격이 다분한 소악마, 농밀한 BL 만화 창조주, 오빠가 목욕 중인데 알몸으로 난입하는 노출광까지.

아무리 외모가 좋다고 해도 연인으로 보기에는 좀 심각한 인재들뿐이었다.

“차라리 누가 그 변태 소녀들을 맡아준다면 좋을 텐데.”

“그건 무리 아닐까? 그 아이들이 집착하는 건 케이키뿐이니까.”

“……정말 빨리 어떻게든 해야겠어.”

변태 소녀 4명의 타깃이 되다니, 정말, ‘변태 척척’이라는 상품명으로 팔 수 있는 레벨의 포획률이었다. 변태에게 사랑받는 페로몬이라도 나오는 걸까?

“일단 우리 차례는 끝났으니까 대회가 끝날 때까지 자유시간이네. 점심때까지 아직 시간이 있고 여학생들 시합이라도 보러 갈래?”

“그래. 마오가 배구 시합에 참가하고 있을 텐데.”

“어차피 볼 거면 지저분한 남자애들의 근육보다 귀여운 여자애들의 허벅지가 낫겠지.”

"격렬하게 동의해. 발육이 더딘 여자애들이 있으면 더 좋고."

"그건 쇼마에게만 해당되잖아."

솔직히 같은 반 남자애들 시합을 관전하면서 얻을 수 있는 건 아무것도 없었다.

어차피 응원할 거라면 당연히 꽃이 있는 편이 낫겠지.

건강한 두 남학생은 여학생들의 시합을 관전하기 위해 이동하기로 했다.

"오오—하고 있네."

"그러게……아, 난죠가 스파이크를 날렸어. 정말 재주 좋은 녀석이라니까."

배구 코트에서는 머리를 한쪽으로 질끈 묶은 동급생이 포인트를 획득하고 있었다.

수영도 잘하고 그림 솜씨도 뛰어나고 난죠 마오는 다양한 재능을 갖고 있었다.

마오의 활약 덕분에 게임은 케이키의 반이 우세한 것 같았다.

그건 그렇다 치고, 얇은 옷을 입은 여자아이들이 스포츠에 몰두하는 모습은 정말 멋졌다.

반바지에서 뻗어 나온 탄력 있는 다리라던가, 얇은 셔츠에 살짝 비치는 속옷 선이라던가, 점프했을 때 힐끔 보이는 배꼽 등이 전력을 다해 남자의 마음을 간질였다.

"으음. 역시 여자들의 체육복 차림은 최고야."

"나로서는 모두 발육이 너무 좋아서 별론데."

"확실히 양쪽 팀 다 가슴이 큰 아이들이 많네."

"하지만 글래머를 좋아하는 케이키에게는 좀 부족한 거 아닌가?"

"……왜 자연스럽게 남자들의 대화에 끼어드는 거예요?"

시선을 옮기자 어느샌가 옆에 사유키가 서 있었다.

"수고 많았어. 케이키. 아키야마도."

"사유키 선배도 수고 많으셨어요."

"안녕하세요, 토키하라 선배."

긴 흑발이 트레이드 마크인 도M인 변태 토키하라 사유키.

겉모습은 청초, 알맹이는 음란한 서예부가 자랑하는 변태의 대표선수였다.

그런 사유키도 체육복을 착용하고 있었고 아름다운 다리를 아낌없이 드러내고 있었다.

무엇보다 그녀가 움직일 때마다 존재감을 자랑하며 흔들리는 가슴이 매우 위력적이라 케이키는 시선이 음란해지지 않도록 주의하면서 평정을 가장하며 질문했다.

"사유키 선배도 관전하는 거예요?"

"으응. 사실은 케이키의 시합도 보러 가고 싶었는데."

"우리는 이미 져버렸으니까요. 사유키 선배는 탁구였던가요? 어떻게 됐어요?"

"흐흥, 그거야 당연한 거 아니겠어?"

미소를 짓는 사유키가 득의양양하게 가슴을 폈다.

"당연히 1회전에 졌지!"

"아니, 그걸 왜 그렇게 자랑스럽게……."

득의양양하게 가슴을 폈던 의미는 잘 모르겠지만 출렁출렁 흔들리는 큰 가슴의 가치라면 알고 있었다.

"일단 잘 먹었습니다."

"응? 뭐가?"

"최고였어요."

"그러니까 뭐가?"

최고의 가슴은 그렇다 치고, 탁구 개인전에 나간 사유키는 천성적으로 부족한 운동신경을 유감없이 발휘한 모양이었다.

"사유키 선배 시합 때, 갤러리가 많지 않았어요?"

"그러고 보니 왠지 눈을 반짝거리는 남자애들이 많이 모였던 것 같아."

"그렇겠죠."

운동 중인 그녀의 가슴은 정말 믿을 수 없을 정도로 격렬하게 흔들렸을 것이다.

다감한 한창때의 남자들이 무시할 수 있는 영상이 아니었다.

사유키의 가슴에 무관심할 수 있는 건 옆에 있는 로리콘 정도일 것이다.

"그건 그렇고 난죠는 굉장하네."

"저 녀석은 우리 반 에이스니까요."

"공도 마오에게 집중되는 느낌인데."

마오는 그럭저럭 키가 큰 데다가 도약도 굉장했다.

높은 타점에서 공을 내리치면 상대도 좀처럼 붙잡기 힘들겠지.

"아, 이쪽을 알아챘어."

스파이크를 날린 마오가 케이키와 쇼마, 사유키를 알아차리고 웃는 얼굴로 브이 사인을 보여주었다. 그녀의 '굉장하지?'라는 목소리가 들리는 것 같았다.

"……난죠도 이렇게 보면 평범하게 귀여운데."

빨간 머리 동급생의 미소에 살짝 두근거리고 만 건 비밀로 해두자.

그런 느낌으로 시합을 보고 있는데 갑자기 케이키의 시야가 막혔다.

"뭐, 뭐야?!"

"누—구게?"

"그 목소리는…… 후지모토?"

"정답."

시야가 돌아오고 뒤돌아본 그곳에 있던 건 앞머리로 한쪽 눈을 가린 여학생.

학생회 부회장을 맡고 있는 동급생, 후지모토 아야노였다.

그녀도 반팔, 반바지 차림으로 본인이 자신감을 갖고 보여주려고 하는 아름다운 가슴이 강조되어 있었나.

(크기는 작지만 이건 이거대로 멋진 일품이야.)

진지한 얼굴로 '응, 응' 하고 고개를 끄덕이는 케이키 옆에서 사유키가 기분 나쁜 듯 아야노를 노려보았다.

"잠깐, 후지야마, 케이키에게 쓸데없이 말을 걸지 말아 줄래?"

"거절할게요. 키류는 아야노에게 둘도 없는 사람이거든요."

오랜만에 만난 두 사람이 불꽃을 튀기고 있었고,

"미소녀 두 명에게 구애를 받다니, 케이키도 죄 많은 남자구나."

"너, 알면서 놀리는 거지……?"

그녀들의 본성을 알고 있는 쇼마는 즐거운 듯 놀려댔다.

여자들이 자신을 둘러싸고 싸우다니, 남자에게 있어선 꿈만 같은 상황이겠지만 그건 어디까지나 상대가 평범한 아이였을 경우에 한정된다.

그리고 공교롭게도 이 두 사람은 평범하지 않았다.

사유키는 말할 것도 없이 도M의 변태였고 성실해 보이는 아야노도 ―.

"아아, 운동 직후에 땀을 흘린 키류가 눈앞에…… 하아 하아……."

보시다시피 남자의 체취에 발정하는 냄새 페티시스트

159

변태였다.

이 변태 부회장님은, 하필이면 케이키의 냄새를 좋아해서, 결국 입던 팬티까지 요구해오는 상급자였다.

"으음······마음껏 끌어안고 싶지만 여기는 남의 눈이 너무 많아······."

"역시 후지모토도 사람들 눈은 신경 쓰는구나."

숙련도 높은 냄새 페티시스트도 갤러리가 너무 많으면 진가를 발휘할 수 없는 모양.

여기엔 사유키나 쇼마도 있고 자신의 성벽을 숨기고 있는 아야노로서는 공공연하게 냄새를 만끽할 순 없겠지.

"어머, 난 사람들 눈이 있어도 신경 안 쓰는데. 에잇."

"사유키 선배?! 제 팔이 가슴 사이에 끼였는데요?!"

사유키에게 끌어안긴 채 풍만한 가슴 사이에 오른팔이 끼여 행복한 기분이 들었다.

"아, 치사해······!! 나, 나도······."

"후지모토까지?!"

왼팔은 아야노가 끌어안았고, 이쪽도 꽤 탄력 있고 부드러웠다.

"이런, 이런, 양손에 꽃이라니 부러울 따름이네."

"너, 분명 재미있어하고 있지? 말만 하지 말고 좀 도와줘."

"사양할게. 여자들에게 원망을 받고 싶지 않거든."

"이 배신자!!"

친구는 히죽거리기만 할뿐 도와주지 않았다.

아무리 구석이라고 해도 여기는 다른 학생들의 눈도 있는 체육관.

사람들 앞에서 두 명의 여학생에게 끌어안겨 있는 이 상황은 그저 부끄러웠다.

"저기, 두 사람 모두 좀 놓아주면 안 될까?"

"후지모토가 놓으면 나도 놓아줄게."

"토키하라 선배가 놓으면 나도 놓아줄게."

"어린애들도 아니고……."

마음속에 둔 남자를 사이에 두고 다투며 서로 노려보는 사유키와 아야노.

그런 두 사람의 싸움을 말린 건 우연히 지나가던 한 명의 여학생이었다.

"……키류 선배, 뭐 하는 거예요?"

"나가세?"

황갈색 트윈테일을 흔들며 나타난 건 나가세 아이리.

반팔 반바지 차림의 그녀는 두 여자에게 끼어 있는 남자를 향해 얼음 같은 시선을 보냈다.

"양손에 꽃이라니, 정말……이러니까 남자들은."

"아니, 이건 이 두 사람이 멋대로."

"글쎄요. 약점을 잡고 억지로 시킨 거 아닌가요?"

"나가세는 도대체 날 뭐라고 생각하는 거야?"

"약점을 쥐고 억지로 시키다니, 그런 상황은 개인적으로 포인트가 높은데."

"사유키 선배는 입 좀 다무세요."

이 도M의 말에 사태는 악화 일로를 걷고 있었다.

"서예부 여자들뿐만 아니라 아야노 선배까지 독니에 걸리다니……. 이 사람, 역시 난봉꾼이었어."

"그러니까 그건 오해라니까."

"시끄러워요. 임신할 것 같으니까 가까이 오지 마세요."

뱉어 버리듯 말하며 아이리가 거리를 뒀다.

황갈색 머리가 기분 나쁘게 흔들렸다.

"자, 이야노 선배도 어서 가요."

"뭐? 하지만 아직—."

"됐으니까. 아야노 선배는 이 남자에게 속은 것뿐이에요."

"아……아이리?"

아야노의 손을 잡고 억지로 케이키에게서 떼어 놓은 다음 적에게서 보호하듯 부둥켜안았다.

"아야노 선배는 키류 선배에게는 줄 수 없어요! 메롱!"

혀를 내밀고 막말을 내뱉은 후, 아이리는 아야노를 데리고 체육관을 나가버렸다.

"으음, 역시 미움받고 있어……."

"꽤 화가 난 것 같은데 저 아이에게 무슨 짓을 한 거야?"

"왠지 날 서예부에서 하렘을 만든 난봉꾼 녀석이라고

생각하는 것 같아."

아이리도 나쁜 아이는 아니었지만, 오늘은 보이는 상황이
좋지 않았다.

그녀는 아야노를 학생회 선배로서 연모하고 있다. 그런
아야노가 난봉꾼 의혹이 있는 남자와 찰싹 붙어 있다면
재미있지는 않겠지.

"그것도 큰일이지만, 지금은 눈앞의 문제를 어떻게 해야
할 것 같은데?"

"눈앞의……?"

쇼마의 말에 시선을 올리다 시무룩한 얼굴의 사유키와
눈이 마주쳤다.

"아……."

"저기, 케이키? 저 트윈테일 여자애는 누구야? 서예부 애들
이나 후지모토만으로 만족하지 못하고 아직도 다른 여자에게
작업을 걸 생각이야?"

"그럴 생각 없거든요!"

그 이후, 케이키는 잠시 질문 공세에 시달렸다.

오후 1시가 지났을 무렵, 여전히 체육복 차림의 케이키는
교내를 어슬렁어슬렁 산책하고 있었다.

구기대회 개최 중에는 교내에 있으면 어딜 가도 상관없
었다.

기본적으로는 자습을 추천하지만, 얌전히 공부에 임하는 학생은 극히 일부로 대부분의 학생들은 자기 반 시합을 응원하거나 친구와 잡담을 하거나 몰래 가지고 온 게임기로 몬스터를 사냥하기도 했다.

케이키도 몇 분 전까지는 코하루와 쇼마와 함께 천문부 부실에서 점심을 즐기고 있었지만 둘만의 시간을 계속 방해하는 것도 좀 그래서 그들을 배려해 그곳을 나왔다.

솔직히 말해서 이제 막 사귀게 된 커플이 뿜어내는 달콤한 공기를 참을 수 없을 것 같았다.

참고로 사유키는 서예부 부실에서 낮잠 중.

아이리에 대해 꼬치꼬치 캐물은 후 '난 구기대회가 끝날 때까지 부실에서 잘 거야'라며 가버렸다. 해외 드라마에 푹 빠져 밤새 DVD감상을 했다면서.

"나도 부실에서 낮잠이나 잘까……."

시합관전에도 질렸고 시간이 남아도는 케이키가 낮잠을 검토하면서 걷다 위원회로 친숙해진 도서실 문이 열려 있는 걸 발견했다.

"어라? 오늘 도서실도 개방하나?"

이상하게 생각하면서 안으로 들어갔다.

책장이 늘어선 고요함이 감도는 공간에는 인기척이 전혀 느껴지지 않았다.

그래도 뭔가에 이끌리듯 걸음을 내딛다 도서실 안쪽,

165

창문 쪽 테이블석에서 친숙한 여학생의 모습을 발견했다.

"……유이카네."

창문이 열려 잔잔한 바람이 불어오는 그 장소에서 그녀는 책을 읽고 있었다.

원칙적으로 전원참가인 구기대회라 그녀도 예외 없이 체육복을 착용하고 있었다.

쿼터인 유이카는 놀랄 정도로 피부가 새하얀 편이었다. 반바지에서 뻗어 나온 다리나, 눈부신 가는 팔에 자신도 모르게 시선을 빼앗겨버릴 정도였다.

얇은 티셔츠를 조심스럽게 밀어 올린 흉부도 배덕적인 매력이 있어서 멋졌다.

후배의 체육복 차림을 남김없이 만끽하며 케이키가 말을 걸기 위해 다가가자 발소리를 느낀 유이카가 고개를 들었다.

"어라, 케이키 선배? 나쁜 드래곤은 물리치셨어요?"

"뒤섞였어, 뒤섞였다고. 현실과 책이 뒤섞였으니까 어서 돌아와."

"이런, 그랬군요."

전통 종이로 만든 책갈피를 끼운 유이카가 책을 닫았다.

"그래서 선배는 왜 여기에? 시합은요?"

"난 2회전에서 졌거든. 난죠는 반 애들이랑 계속 이기고 있는 것 같지만."

"그렇군요. 유이카는 탁구에 참여했는데 1회전에 져버

몄이요. 대회가 끝날 때까지 시간이 남아서 사서 선생님께 도서실을 열어달라고 부탁드렸죠."

이 도서실 사서는 선생님 중에서도 고참인 할아버지 선생님 이셨다.

상냥한 선생님이라 유이카의 부탁을 받고 거절할 수 없었 겠지.

"어차피 시간을 때울 거면 같은 반 애들이랑 이야기라도 하면서 놀면 좋을 텐데."

"반에 친구는 없으니까요."

"그럼 이번 기회에 친구를 만들어본다거나."

"유이카에게는 책이 친구예요."

"꽤 말이 없는 친구네."

설득은 무리인 것 같아 일찌감치 포기하고 유이카 옆에 앉았다.

그리고 그녀의 손끝에 있는 책을 들여다보았다.

"오늘은 뭘 읽고 있었어?"

"꺄악?! 너, 너무 가까이 오지 마세요!"

"뭐야……그 반응은, 역시 좀 충격적인데."

"멋대로 착각하고 우울해하지 마세요. 유이카도 운동을 한 뒤 라서 저기…… 땀 냄새라던가 여러 가지로 부끄럽다고요……!"

"그래? 좋은 냄새가 나는데?"

코를 킁킁거리자 금발 소녀의 얼굴이 사과처럼 새빨개졌다.

167

"잠깐, 최악이에요!! 여자의 냄새를 맡다니, 자기 분수를 좀 깨달으라고요."

여자 후배의 냄새를 맡다가 좀 진심으로 매도당했다.

그 거친 말이 살짝 기분 좋다고 느끼고 만 건 착각이라고 생각하고 싶다.

(……하지만, 이런 평범한 여자아이 같은 반응은 역시 귀여워.)

정말이지, 하며 툴툴대는 후배를 곁눈질로 보고 있는데 그녀 또한 힐끔거리며 케이키에게 시선을 보냈다.

"유이카에게 성희롱하는 것도 '탈·변태 계획'이라는 이상한 음모의 일환인가요?"

"오늘은 아니야. 그쪽은 좀처럼 진전이 없어서 계획을 재검토하는 중이지."

"애초에 케이키 선배는 왜 우리를 갱생시키고 싶은 건데요?"

"뭐? 아니, 그건……."

"말 못 하는 이유인가요? 불순한 동기가 있다고 보이네요. ……음란해."

"음란하지 않거든. 지극히 순수한 동기니까."

"호오, 그럼 그 지극히 순수한 동기라는 걸 들려주시겠어요?"

"뭐야, 이 유도신문…… 뭐, 저기, 그러니까……."

결국 모두를 갱생시키고 싶은 이유를 자백하고 말았다.

최근 여자부원들의 어프로치가 너무 악질적이라 몸과 마음이 피로해졌다는 사실과 이대로라면 '평범한 연애를 하고 싶다'는 자신의 소원이 이뤄지지 않을 것 같다는 사실을.

사정을 모두 이야기했을 때 유이카가 경멸하는 듯한 눈동자로 상급생을 바라보았다.

"……역시 불순한 동기잖아요."

"귀여운 여자친구와 다정한 시간을 보내고 싶다는 소원의 어디가 불순한 거지?"

"요약하면 케이키 선배는 유이카나 다른 부원들을 어떻게든 하지 않으면 연인을 만들 수 없다고 생각한 거잖아요."

"실제로 유이카도 쉽게 포기하진 않을 거잖아."

"뭐, 그건 그렇지만."

기가 죽지도 않고, 태연하게 고개를 끄덕이는 소악마 양.

"하지만 서예부 부원들 말고 케이키 선배에게 흥미를 가진 여자아이가 있어요?"

"윽…… 지, 지금은 없지만, 미래에 어딘가에서 나타날지도 모르니까."

"나타나면 좋겠네요."

"그렇게 엄마처럼 자애에 가득 찬 얼굴 하지 마. ……그거야 나 같은 평범한 남자가 여자에게 사랑을 받는다는 건 기적과도 같은 확률일지 모르지만……."

미즈하 같은 유별난 사람이 그 외에도 있기를 바랐다.

부정적인 사고를 되풀이하고 있는데 유이카의 투명하고 파란 눈동자가 가만히 이쪽을 바라보고 있다는 걸 깨달았다.

"……저기, 케이키 선배?"

"응? 왜?"

"케이키 선배는 연인이 필요한 거죠? 그럼 유이카가 선배의 여자친구가 되어줄 수 있어요."

"뭐?"

"케이키 선배가 유이카의 남자친구가 된다는 뜻이에요. ……정확하게 말하면 남자친구 겸 노예겠지만."

"그건 남자친구의 탈을 쓴 노예잖아!!"

하마터면 속을 뻔했다.

남자친구를 노예 취급할 여자아이와 사귄다고 생각하면, 잿빛 미래밖에 보이지 않았다.

엉덩이에 깔리는 건 물론 엉덩이를 채찍으로 맞을 것 같았다.

"하지만 그렇게 나쁜 이야기는 아니라고 생각해요."

"무슨 말이야?"

"케이키 선배에게도 메리트가 있다는 뜻이에요. 선배가 노예로서 애쓰는 대신 유이카도 평소에는 제대로 된 여자친구로서 대접해줄게요."

"그건 이른바 연인 계약 같은 거잖아……."

"애초에 연애 관계 자체가 연인 계약 같은 거 아닐까요?

서로가 상대를 위해 자신을 희생하고 그 보답으로 애정을 받는 거니까."

"역시 그건 궤변 아닌가?"

"의무와 권리가 발생한다는 의미에서는 똑같아요."

너무나도 자신감에 가득 찬 말이라 그럴지도 모른다고 생각하고 말았다.

"물론 계약한 뒤로는 유이카도 여자친구의 책임을 다할 생각이에요. 남자친구가 최선을 다해준다면 연인으로서 상을 주는 것에도 인색하지 않을 거예요."

"사, 상이라면?"

"그건…… 뭐, 여러 가지예요. 예를 들면 부드럽게 포옹을 한다거나, 무릎베개를 해준다거나 나머지는 키스라던가…… 그, 그 이상으로도……."

"연인끼리 키스 이상이라면……."

도달할 곳은 한 곳밖에 없었다.

"……진짜?"

"소, 소녀에게 두말은 없어요."

소녀에게 두말은 없단다.

말하면서 부끄러워진 건지 유이카가 뺨을 붉히면서 계속 이어나갔다.

"유이카에게는 주종계약. 선배에겐 연인 계약. 이해가 일치한다면 시험해보는 것도 괜찮지 않아요? 서예부 부원들을 갱생시키는 번거로운 일을 하는 것보다 훨씬 쉽고 효율적이라고 생각하는데요."

확실히 여기서 유이카의 제안을 받아들인다면 염원하던 귀여운 연인을 가질 수 있다.

모태솔로의 슬픈 역사에 종지부를 찍을 수 있는 것이다.

게다가 본인 왈, 포옹이나 키스는 물론 설마 하던 베드 인까지 OK라고 했다.

건강한 남자로서는 바로 계약하겠다고 말하고 싶은 심정이지만……

"……미안하지만 그 이야기에는 응할 수 없어. 왜냐하면, 그건 돈을 낼 테니까 연인인 척해달라고 말하는 것과 같은 거니까."

케이키가 원하는 건 어디까지나 평범한 연애였다.

적어도 대가와 보수로 성립되는 가짜 관계가 아니었다.

"유이카도 그런 건 좋아하는 상대에게 해야 할 말이라고 생각해."

"……유이카가 그런 가벼운 마음으로 말을 꺼냈다고 생각하세요?"

그렇게 말하며 유이카가 불쑥 몸을 내밀었다.

"유, 유이카……?"

"유이카도 아무나 괜찮은 건 아니라고요."

"뭐……?"

"증명…… 해볼까요?"

그녀가 내민 연약한 손이 케이키의 뺨에 닿았다.

"……."

금색 머리칼의 후배는 그 이상은 아무 말도 하지 않았다.

아무 말도 하지 않는 대신 천천히 입술을 내밀었다.

원래부터 가까웠던 거리는 거의 제로가 되었다.

그녀의 한숨과 체온에 심장이 망가질 것처럼 크게 뛰었고
급전개에 의한 긴장으로 입술을 빼앗길 것 같은 상황인데도
몸을 전혀 움직일 수 없었다—.

그런 키스 직전의 두 사람을 테이블 위에 앉은 고양이가
빤히 지켜보고 있었다—.

"……응? 고양이?"

언제부터 거기 있었던 거지?

멋진 털을 자랑하는 검은 고양이가 제집인 양 자리하고
있었다.

"어, 어째서 학교 안에 고양이가 있는 걸까요?"

"길을 잃은 건가? 뭔가 입에 물고 있는데……."

그 고양이는 물방울 모양의 손수건 같은 걸 입에 물고 있
었다.

케이키가 손을 뻗자 재빨리 움직여 피하고 날쌔게 테이블
에서 뛰어 내려왔다.

그리고 그대로 아무 일도 없었던 것처럼 저벅저벅 도서실

을 나가고 말았다.

"가버렸네……."

"가버렸네요……."

감돌고 있던 달콤한 분위기는 고양이와 함께 사라졌고 남은 건 어떻게 할 수 없는 미묘한 공기.

"그, 그럼 난 이만 가볼게!"

"그, 그래요! 유이카도 독서로 돌아가야겠어요!"

케이키가 자리에서 일어나고 유이카가 다시 책을 펼쳤다.

떠나기 전, 아무렇지도 않게 뒤를 돌아보다 이쪽을 보고 있던 그녀와 눈이 마주쳤다.

부끄러운 듯 펼쳐진 책으로 입가를 숨기는 행동은 비겁할 정도로 귀여웠다.

도서실을 뒤로 한 케이키는 뜨거워진 뺨을 식히기 위해 인적이 없는 1층 복도에서 멍하니 중앙정원을 바라보고 있었다.

"……역시 요즘 모두의 접근이 적극적으로 변하고 있어."

원인은 역시 미즈하의 오빠에 대한 연심을 부원들이 파악해버렸기 때문이겠지.

남매 사이가 진전되기 전에 케이키를 노예나 주인으로 만들 생각인 것이다.

"유이카도 진지……하구나."

전에도 한 번 유이카에게 키스당할 뻔한 적이 있었지만, 그때는 농담 같은 느낌이라 이번만큼 두근거리지는 않았다.

하지만 오늘 유이카의 표정에서는 진심이 느껴졌다.

케이키가 평범한 사랑을 하고 싶다고 바라는 것처럼 그녀도 진심으로 케이키를 노예로 삼고

싶어 했다.

"……아니, 아무리 진지하다고 해도 노예는 안 되겠지만."

하지만 만약―.

만약 유이카가 순수하게 케이키의 연인이 되고 싶다고 말했다면 어떻게 됐을까?

그때 자신은 어떻게 대답했을까?

어디까지나 만약의 이야기, 있었을지도 모르는 가능성의 이야기로, 생각해봤자 별 수 없는데 그 의문은 어쩐지 빙글빙글 머릿속에서 소용돌이치며 사라지지 않았다.

"……응? 저건 나가세잖아?"

멍하니 바라보고 있던 창밖, 중앙정원 벤치 근처에서 점심시간 전에 우연히 만났던 트윈테일 소녀를 발견했다.

아직 반바지 차림의 그녀는 무엇인지 안절부절못하는 모습으로 주위를 둘러보고 있었다.

"뭐 하는 거지? ……응? 아앗, 위험해!!"

두리번거리며 종종걸음으로 이동하던 아이리는 다른 방향에서 걸어오던 남학생의 존재를 알아차리지 못했다.

남학생도 설마 바로 옆에서 여자아이가 다가올 줄은 생각도 못 했겠지.

결과, 케이키가 '위험해!!'라고 외친 직후, 두 명의 남녀는 만나 머리끼리 충돌하고 말았다.

"꺄악?!"

"으악!!"

장신의 남학생은 좀 비틀거리는 걸로 끝났지만, 체격이 작은 아이리는 충돌의 충격으로 엉덩방아를 찧고 말았다.

"죄, 죄송해요! 제대로 앞을 못 보고⋯⋯."

"아니, 난 괜찮은데⋯⋯그쪽이야말로 다친 거 아니야? 보건실로 데리고 가줄까?"

"아뇨, 괜찮습니다."

사람 좋아 보이는 남자가 손을 내밀었지만 아이리는 쌀쌀 맞은 말투로 이걸 거부.

혼자 일어나 불안한 발걸음으로 이동을 재개했다.

"⋯⋯뭐야, 저 녀석? 기분 나쁘게."

기분이 상한 남학생이 그 자리를 떠나고, 중앙 정원에는 아이리만이 남았다.

(그거야, 저런 말투로 말하면 화도 나겠지⋯⋯.)

마음속으로 일면식도 없는 남학생을 동정했다.

아이리의 남자에 대한 태도는 끓는점이 낮은 상대라면 바로 싸움으로 발전할 레벨이었다.

"······그건 그렇다 치고, 왠지 나가세가 비틀거리는 것 같은데?"

아까보다 걸음이 늦어졌고 걸음걸이가 부자연스럽다고 생각하고 있는데 그녀가 그 자리에 무릎을 꿇고 말았다.

게다가 오른쪽 발목에 손을 대고 눈물을 글썽이고 있었다.

부딪친 순간 발을 접질린 모양이었다.

"······정말, 저 녀석 대체 뭐 하는 거야?"

역시 그냥 내버려 두지 못하고 중앙정원으로 나온 케이키는 아이리에게 말을 걸었다.

"못 걷겠으면 솔직하게 보건실로 데려다 달라고 말하면 되잖아."

"응? ······뭐야, 키류 선배?!"

그 모습을 확인한 순간 황급히 눈물을 닦는 아이리.

울고 있는 자신을 보여주고 싶지 않은 것 같았다.

"다리, 접질린 거지?"

"접질린 거 아니에요."

"그렇게 고집을 부리는 의미를 모르겠다니까. ······자, 얌전히 있어."

"네? ······꺄악?!"

뒤로 돌아간 케이키가 공주님 안기로 안아 올리자 아이리가 짧은 비명을 질렀다.

남자에게 안겨 있다는 걸 깨달은 하급생의 얼굴이 새빨개졌다.

"잠깐, 뭐 하는 거예요?!"

"뭐하냐니, 당연히 보건실로 데리고 가려는 거지."

"그만두세요! 혼자 갈 수 있어요!"

"못 가니까 웅크리고 있었던 거잖아?"

"갸르르르르르……!"

퇴로를 차단당해, 최후의 저항으로 으르렁거리는 공주님.

"저기, 나가세. 부상을 쉽게 보면 안 돼. 넘어져서 다리를 접질린 사람이 별것 아니라고 생각하고 병원에 안 갔는데, 알고 보니 복합골절이었다는 이야기도 있어."

"네……?"

"골절을 방치하면 혈액이 정상적으로 순환하지 못해서 최악의 경우…….."

"최, 최악의 경우……?"

"절단하는 처지가 되는 일도…….."

"절단?!"

그 광경을 상상한 아이리가 울상이 되었다.

"저, 절단은…… 싫어요…….."

"그럼 얼른 보건실로 가볼까~?"

적당히 지어낸 이야기가 통한 것인지 이번에는 저항하지 않았다.

(……정말, 눈물을 흘릴 바에야 처음부터 솔직하게 부탁

했으면 될 텐데.)

그런 생각을 하면서 완전히 얌전해진 후배를 보건실로 옮겼다.

"다행이야, 단순한 염좌라서."

"……그러게요. 정말 다행이에요."

의자에 앉은 케이키가 웃는 얼굴로 말하자, 침대에 걸터앉은 아이리는 시무룩한 얼굴로 대답했다.

진단 결과, 아이리의 발은 가벼운 염좌인 듯했다.

보건 선생님은 아이리의 응급처치를 끝내고 바로 나가셨다.

구기대회 중에는 기본적으로 체육관에서 대기하지 않으면 안 되는 것 같았다.

덕분에 보건실은 두 사람이 통째로 빌린 상태가 되었다.

난봉꾼 의혹이 있는 상급생과 단둘이 남은 탓인지 안절부절못하는 모습으로 불안해하는 아이리에게 아까부터 신경 쓰였던 걸 물어보았다.

"중앙정원에서의 일을 봤는데, 왜 그 사람에게 솔직하게 도와달라고 하지 않았어? 이상한 고집 부리지 말고 데려다 달라고 했으면 나에게 안기는 일도 없었을 텐데."

"……난 남자에게 빚을 지고 싶지 않아요."

"그건 나가세가 남자를 싫어하기 때문이야?"

"그건……."

아이리가 남자를 싫어한다는 이야기는 아야노에게 들었다.

케이키에 대한 태도도 꽤 적대적이었고 그녀의 남사 혐오는 의심할 여지가 없었지만 그렇다고 해도 아이리의 남자에 대한 반응은 너무 감정적으로 보였다.

"……솔직히 말하면 좀 달라요. 싫어하는 게 아니라—무서워요."

"무서워……?"

"……."

그 이상은 말하고 싶지 않은 거겠지.

무릎 위에 올린 손을 꽉 쥐면서 아이리는 입을 다물어 버렸다.

"……뭐, 나가세에게도 사정이 있을지 모르지만. 그래도 손을 내밀어준 사람에게 그런 태도는 좋지 않다고 생각해."

"……알고 있어요."

나무라듯 말하자 아이리는 혼이 난 새끼 강아지처럼 풀이 죽어 버렸다.

"저도 알고 있어요. 앞으로는 조금 더 선처해볼게요……."

"좋아. 그럼 그 이야기는 이걸로 끝. 그것과는 별개로 나가세에게 한 가지 더 묻고 싶은 게 있는데."

"묻고 싶은 것?"

"나가세, 중앙정원에서 뭐 하고 있었어? 꽤 허둥대는 것처럼 보이던데."

중앙 정원에서 아이리를 발견했을 때, 그녀는 무언가를 찾는 것 같았다.

두리번거리며 걷다 처음 보는 남자와 부딪치고 말 정도로.

굉장히 중요한 이유가 있는 것 같았는데—.

"……훌쩍."

"응?!"

갑자기 여자아이를 울리고 우왕좌왕.

모태솔로 초식남에게 그 불의의 습격은 위력이 너무 컸다.

"왜, 왜 우는 거야? 다리가 아직 아파……?"

"아니에요. 그런 게 아니에요. 하지만 전…… 이제 어떻게 해야 좋을지…….."

"무슨 일이……있었던 거야?"

심상치 않은 기색을 느끼고 쭈뼛쭈뼛 물어보자 훌쩍거리던 아이리가 불쑥 물방울처럼 작은 목소리로 말했다.

"……고양이."

"고양이?"

"고양이가 팬티를 훔쳐 갔어요."

"……뭐?"

잘못 들은 건가?

지금 그녀의 입에서 터무니없는 단어가 튀어나온 것 같은데…….

"저기……뭘 훔쳐 갔다고?"

만일을 위해 다시 한번 묻자 후배의 얼굴이 한순간에 새빨갛게 물들었다.

"팬티 말이에요! 팬 · 티! 제 팬티를 지나가던 고양이에게 빼앗겼어요!"

"아니, 아니, 아니, 뭐가 어떻게 되면 그렇게 되는데?"

"실은……."

눈물을 머금은 아이리가 사정을 설명하기 시작했다.

구기대회에 참가해 땀을 흘린 그녀는 탈의실에서 속옷을 갈아입기로 했다.

그때, 벗어둔 속옷을 탈의실에 침입한 고양이가 가지고 갔다고……

"그래서 도망친 고양이를 쫓아왔는데 놓치는 바람에……"

"생선도 아니고, 팬티를 문 도둑고양이라니……"

"그런 이상한 말 하지 마세요."

"그 고양이, 혹시 검은 고양이였어?"

"아, 네. 그런데요."

"그거라면 나도 봤어."

"정말이에요?!"

"무언가를 물고 있는 것 같더니만, 설마 나가세의 팬티일 줄이야. ……일단 확인하겠는데 도둑맞은 팬티가 흰색 천에 파란색 물방울무늬였어?"

"아……네, 그런 느낌이에요."

피해자의 증언에 의하면 속옷 색깔과 모양까지 일치했다.

그녀의 팬티를 훔쳐 간 범인은 역시 도서실에 있던 고양이기 틀림없었다.

"딱히 좋아하는 것도 아니고, 특별히 고가인 속옷도 아니지만 내 속옷을 남자들이 보는 건……."

후배의 눈에 다시금 눈물이 차올랐다.

자신의 팬티를 여러 사람이 보다니, 한창때의 여자아이에게 그런 처사는 확실히 괴로울 것이다.

"알았어. 나가세는 여기서 기다려. 내가 팬티를 되찾아 올게."

"아뇨, 이건 제 책임이니까. 제가 어떻게든 할게요."

"하지만 그 다리로 고양이를 쫓아갈 수 없잖아?"

"아……."

아이리의 시선이 접질린 다리로 향했다.

붕대로 고정되어 다소 나아졌다고 해도 고양이를 쫓는 건 무리가 있었다.

"아, 하지만 내가 속옷에 손을 대는 것도 싫긴 하겠네."

"그, 그런 생각 안 해요! ……하지만 난 선배한테 지독한 말도 많이 했는데…… 그러니까 도움받을 자격 같은 건……."

나가세 아이리는 진지한 성격이었다.

계속 심한 태도를 보였던 케이키에게 부탁하는 건 성격상 어려운 일이겠지.

그렇다면 뭔가 적당한 '구실'을 대충 만들어주면 된다.

"그런 건 신경 안 써도 돼. 나에게는 나 나름대로 흑심이 있으니까."

"흑심?"

"난 여자를 정말 좋아하는 난봉꾼 녀석이니까. 여기서 나가세를 도와주면 귀여운 후배가 하렘에 가담해줄지도 모르잖아?"

"……."

케이키가 내뱉은 문제적 발언에 아이리가 어안이 벙벙한 얼굴을 했다.

물론 그건 그녀가 부담감을 느끼지 않도록 만들기 위한 변명으로—.

"……풉. 뭐예요, 그게? 바보 아니에요?"

정말 저질스러운 발언에 역시 아이리도 참지 못하고 웃음을 터뜨렸다.

"하지만 감사합니다. 솔직히 덕분에 살았어요."

"늘 그렇게 솔직하게 부탁하면 귀염성이 있을 텐데."

"쓰, 쓸데없는 참견이거든요!"

부여받은 미션은 나가세 아이리의 팬티가 많은 사람들에게 노출되는 걸 막는 일.

그걸 위해선 절도범인 검은 고양이에게서 팬티를 되찾아올 필요가 있었다.

(이건 또 난이도가 높은 미션이네······.)

건방진 후배가 처음으로 부탁한 일이었다.

기대에 부응하기 위해서라도 반드시 성공시켜야 했다

"······아앗, 제길! 놓쳤어······!"

학교 건물 2층, 건물을 잇는 복도 근처에서 목표물을 잃어버렸다.

"하아······솔직히, 고양이의 신체 능력을 너무 얕봤어······."

팬티 탈환의 임무를 맡았지만, 고양이를 상대로 술래잡기는 어렵기 짝이 없었다.

애초에 고양이라는 동물은 운동성능이 굉장히 뛰어나고 다리 힘은 물론 순발력도 좋고, 그 신체 능력은 인간의 그것을 훨씬 능가했다.

잡으려면 먹이로 유인하든가, 도망칠 곳이 없는 복도 막다른 곳으로 몰아넣든가, 어떻게든 궁리를 하지 않으면 어렵겠지.

게다가 몸집이 작기 때문에 한 번 놓치면 찾는 게 힘들었다. 수색 개시 직후에 운 좋게 우연히 마주쳤지만 바로 놓쳐버린 게 심한 타격이었다.

"어디 간 거지······?"

학교 안을 헤매고 있다면 다행인데 만약 부지 밖으로 도망쳤다면 끝이다.

최악의 경우, 길 위에 아이리가 입던 팬티가 방치될 가능성이 있었다.

"그것만은 저지해야 해······!"

마음이 조급해져서 학교 안인데도 자신도 모르게 뛰고 말았다.

"─이봐! 복도에서 뛰지 마!"

"죄, 죄송합니다!"

등 뒤에서 들리는 목소리에 자신도 모르게 반사적으로 직립 부동 자세가 되었다.

"픕······ 아하하, 속았지~?"

"응? ······뭐야, 난죠?"

뒤돌아본 곳에 있던 건 체육복 상의를 걸친 마오였다.

"악질적인 장난은 치지 마. 것보다, 배구는 이제 끝났어?"

"그게, 준결승까지 갔는데 안타깝게도 지고 말았어. 오랜만에 몸을 움직여서 즐겁긴 했지만."

평소에는 기본적으로 기분 안 좋아 보이는 표정을 짓고 있는데 오늘의 마오는 왠지 표정이 부드러웠다.

"왠지, 오늘은 난죠 기분이 좋은 것 같아."

"아, 알아보겠어? 얼마 전에 드디어 소녀만화 작업이 끝났거든. 이제 곧 잡지 발매일이라서."

"아, 그래서 그렇게 들뜬 거야?"

"동인지도 그렇지만 자신의 작품이 서점에 진열된다는 건,

역시 기쁜 일이니까."

여름방학 때부터 계속 몰두하고 있던 소녀만화도 이제 발매만을 기다리고 있는 듯했다.

기분이 업되는 것도 납득이 갔다.

"그것보다 키류야말로 무슨 일이야? 왠지 허둥대고 있던데."

"아, 실은 고양이를 찾고 있거든. 혹시 못 봤어?"

"못 봤는데. 뭐야, 학교 안에 고양이가 있다는 거야?"

"으응, 길을 잃은 것 같은데 그 녀석에게 중요한 물건을 도둑맞아서."

여자의 팬티를 찾고 있다고는 말하기 힘들어 그 부분은 적당히 얼버무렸다.

"그래서 키류가 서두르고 있구나. ……으음―, 그 고양이가 목걸이를 하고 있어?"

"아니, 안 했을 거야."

"그럼 도둑고양이일지도. 도둑고양이라면 사람이 많은 장소는 피하지 않을까?"

"아, 그런가?"

오늘은 구기대회 관계상, 학교 내 가는 곳마다 학생들이나 선생님들이 있었다.

눈에 띄는 곳을 활보하고 있다면 이미 시끄러워졌을 테니, 고양이는 사람들의 눈을 피하면서 이동하고 있다는 뜻이 된다.

"오늘은 다들 대부분 체육관이나 교실에 있을 테니까……."

"인적이 없는 장소라면 동아리 건물이나 특별 교실 쪽이 겠지."

"꽤 좁혀졌네. 바로 가볼게."

"나도 도와주고는 싶은데 다음 시합 심판을 부탁받아서."

"아니, 충분히 도움이 됐어. 고마워."

체육관으로 향하는 마오와 헤어진 케이키는 특별교실 건물로 발걸음을 옮겼다.

동아리 건물은 검은 고양이를 놓친 지점에서 약간 거리가 있었기 때문에 우선 가까운 쪽부터 수색하려는 거였다.

"……예상대로, 이쪽에는 아무도 없네."

음악실이나 미술실, 시청각실 등이 줄지어 있는 특별 교실 건물 2층에는 인기척이 전혀 없었다.

"고양이가 숨기에는 절호의 포인트이긴 한데…… 앗, 찾았다아아아!"

복도 안쪽에 목표물인 작은 동물의 모습이 보였다.

아직도 아이리의 팬티를 물고 있는 타깃은 아까 뒤쫓던 케이키를 적으로 인식한 듯 눈이 마주친 순간 도주를 개시 했다.

"놓칠까보냐!"

총알 같은 속도로 달려나가는 고양이를 뒤쫓아 복도를 달리고 계단을 내려와 1층으로.

팬티가 남들에게 보이는 걸 막기 위해서라도, 무슨 일이 있어도 여기서 잡고 싶었다.

그래서 달렸다. 정말 전력으로 달렸다. 그렇게 달려갔지만——.

"……또다시 놓치고 말았네……."

고양이는 이쪽보다 한 수 위였다.

"애초에 왜 고양이가 팬티를 훔친 거지?"

소중하게 물고 놓으려고 하지 않는 건 왜일까?

여자의 속옷은 보온성이 높으니까 집에 갖고 돌아가서 난방 대신으로라도 쓸 생각인가?

팬티 도난의 수수께끼를 생각하며 케이키가 복도를 걷고 있는데,

"……응? 미즈하?"

창밖, 아까 아이리를 발견했던 중앙 정원에 사랑하는 여동생의 모습이 보였다.

여느 때처럼 반팔 반바지 차림의 미즈하는 웬일인지 나무 그늘에 서서 자꾸만 머리 위쪽을 신경 쓰고 있었다.

그 기묘한 행동이 신경 쓰인 오빠는 중앙 정원으로 나가 보기로 했다.

"미즈하, 이런 곳에서 뭐 하는 거야?"

"아, 오빠. 그게……."

곤란한 듯 오빠를 바라보던 미즈하가 다시 시선을 위로

올렸다.

"고양이가, 내려오지 못하는 것 같아서."

"아……."

그 나무 위에 녀석이 있었다.

나뭇가지 위에서 물방울무늬 팬티를 문 채 검은 고양이가 이쪽을 빤히 바라보고 있었다.

"……설마 이렇게 바로 찾을 줄이야."

이런 형태로 막다른 골목에 몰아넣게 될 줄은 몰랐다.

"어째서 고양이는 높은 곳에 올라가고 싶어 하는 걸까?"

"그런 습성이라던데. ……저기, 내가 미즈하에게 목말을 태워주면 고양이에 손이 닿을 것 같아?"

"으음……좀 무리 아닐까?"

"그렇겠지. 꽤 높으니까. ……어쩔 수 없지, 올라갈까?"

여정은 꽤 험하지만, 고양이를 구할 수 있다면 그대로 팬티도 회수할 수 있다.

각오를 다진 케이키는 바로 나무 기둥에 손을 대고 기어 올라보기로 했다.

"……흐음, 어떻게든 갈 수 있을 것 같은데."

"오빠, 조심해."

"그래. 열심히 해볼게."

여동생의 성원을 받으며 의욕 넘치게 나무에 올랐다.

자극하면 고양이가 뛰어내릴지도 모르기 때문에 조용히,

그리고 친친히 올라가 간신히 고양이가 있는 나뭇가지 근처까지 도달했다.

밑에서 볼 때는 별것 아닐 것 같았는데 막상 올라와 보니 의외로 높고 박력이 있었다.

다만 나뭇가지 자체는 꽤 두꺼웠기 때문에 부러질 것 같진 않았다.

그래도 신중하게 가지에 올라타고 조금씩 고양이에게로 다가갔다.

"부탁이니까 가만히 있어."

가까스로 타깃의 옆까지 접근해 살며시 손을 내밀고 고양이의 겨드랑이를 걸쳐 올리듯 확보했다.

"좋아! 포획 성공!"

"오빠, 대단해!"

나무 밑에서 미즈하가 짝짝 박수를 쳤다.

왠지 히어로가 된 기분이었지만 달성감에 빠져 있을 여유가 없었다.

"아야야야야야야?! 하지 마! 할퀴지 말라고!"

흥분한 고양이가 힘껏 손톱을 세운 것이다.

배은망덕한 짐승이 날뛰는 순간, 물고 있던 팬티가 팔랑거리며 고양이의 입을 떠났다.

"이런……!!"

시원한 바람에 이끌린 채 아직 보지 못한 세계로 날아오르려는 물방울 팬티.

　손을 뻗으려고 해도 지금은 고양이가 막고 있었다.

　그렇다고 이대로 팬티를 날려버리면 누군가 다른 남자가 줍는 최악의 엔딩을 맞이할 가능성이 있었다.

　그렇게 되면 아이리의 마음에 사라지지 않는 트라우마가 새겨지고 말겠지.

　"우오오오오오오오오오?!"

　그건 순간의 판단이었다.

　후배의 미소를 지키기 위해 케이키는 거의 반사적으로 목을 내밀었고, 그리고―.

　"―덥석."

　프리스비를 물어오는 강아지처럼 자신의 입으로 팬티 가장자리를 물었다.

　"(후배의 팬티를 손에 넣었어!)"

　입이 막혀 있었기 때문에 마음속 소리로 기쁨을 표현한 히어로, 하지만―.

　"……오빠?"

　"(아…….)"

　이 자리에 여동생이 있다는 걸 완전히 잊고 있었다.

　나뭇가지에 올라타 양손으로 고양이를 움켜쥐고 여자 팬티를 입에 문 체육복 차림의 남자라니, 변태 말고는 없었다.

　"……."

처건지겁 고양이를 옷 속에 넣고 팬티를 주머니에 넣은 뒤 아무 말 없이 나무에서 내려왔다.

구해낸 고양이를 지면에 내려놓자 무정하게도 어딘가로 달아나버렸다.

둘만 남은 중앙정원에서 미즈하가 불쑥 투덜댔다.

"……오빠가 팬티 도둑이었구나."

"누명이야!"

"팬티가 필요하면 나에게 말했으면 좋았을 텐데. 오빠에게라면 원하는 만큼 줄 수 있는데. 뭣하면 입고 있는 걸 지금 바로……!"

"안 벗어도 돼!"

반바지로 손을 가져가려는 노출광을 서둘러 저지했다.

오빠를 속옷 도둑이라고 굳게 믿고 있는 여동생에게 사정을 설명하고 동생이 납득을 하는 데에만 10분 정도의 시간이 필요했다.

다소 트러블은 있었지만, 무사히 미션을 달성한 케이키는 전리품을 손에 들고 의뢰인이 기다리는 보건실로 돌아왔다.

"다녀왔어."

"아, 어서 오세요―. 응? 키류 선배?! 엉망이잖아요?!"

"아, 아까 중앙정원에서 나무를 탔거든."

"왜 나무를……."

의문을 품는 아이리를 앞에 두고 주머니에서 그녀의 팬티를 꺼냈다.

"자, 나가세의 팬티는 되찾아왔어."

"아, 감사합니다……."

쭈뼛쭈뼛 팬티를 받아드는 아이리.

가만히 손 위에 있는 팬티를 바라보다 그대로 시선을 케이키에게로 옮겼다.

"……냄새를 맡지는 않았죠?"

"그렇게 말할 줄 알았어. 하지만 그런 짓 안 했거든."

공교롭게도 여자의 팬티를 킁킁거리는 특수한 취미는 없었다.

"그 팬티, 처음에는 물방울무늬 줄 알았는데 물방울이 아니라 뚱뚱한 물고기 모양이었지? 그래서 고양이가 노린 걸지도 몰라."

물방울무늬가 그려진 속옷은 잘 보면 변형된 풍선처럼 살찐 생선이었다.

"그 고양이에게는 내 팬티가 진수성찬으로 보였다는 건가요……?"

"좀 개성적이지만 귀여운 디자인이야."

"에둘러 어린애 같다고 말한 거죠?"

"그런 뜻 아니야."

"펴, 평소에는 좀 더 어른스러운 걸 입고 다니거든요?!"

"그런 커밍아웃은 필요 없는데?"

후배의 프라이드를 지키기 위해 약간 어린애 같다고 생각한 건 말하지 않기로 했다.

용건도 끝났고 슬슬 나가보려고 하는데 팬티를 주머니에 넣은 아이리가 갑자기 '앗?!'이라며 큰 소리를 냈다.

"키류 선배! 손이!"

"손? ……아, 이거 말이야? 고양이를 붙잡았을 때 긁힌 거야."

"피가 나잖아요! 빨리 소독해야 해요!"

"이 정도는 괜찮아."

"안 돼요! 절단되기 싫으면 얌전히 거기 앉으세요!"

절단은 곤란했기 때문에 순순히 침대 가장자리에 앉았다.

아이리는 소독액과 거즈 등을 준비하고 침대 옆에 놓인 의자에 걸터앉았다.

"자, 손을 내밀어보세요."

"아, 아프지 않게 해줘."

"기분 나쁜 말 하지 마세요. 그건 당연히 무리라고요."

까칠한 말투와는 반대로 치료를 하는 아이리의 손놀림은 신중했고 부드러웠다.

"치료해주는 건 기쁜데 나가세는 날 만져도 괜찮아? 아까 남자가 무섭다고 했잖아."

"……의식하지 않으려고 하고 있는데 왜 그런 말을 하는 거예요?"

"무리하지 않았으면 좋겠으니까."

"딱히 무리하는 건 아니에요. 무섭다고 해도 남성 공포증 정도도 아니고."

"그럼 다행이지만."

"하지만 긴장한 건 확실하니까 기분을 달래기 위해 옛날 이야기라도 할까요?"

"옛날이야기?"

"대단한 이야기는 아니지만."

상처를 거즈로 소독하면서 아이리가 이야기를 시작했다.

"초등학교 때, 마츠시타라는 동급생이 있었어요. 마츠시타는 굉장히 성실하고 공부도 운동도 잘하고 누구에게나 상냥한 우리 반 인기인이었죠."

"그런 애들이 있지. 반에 한 명 정도, 그런 슈퍼맨 같은 녀석이."

"네에. 하지만 우리 반 애들은 전부 그에게 속고 있었어요."

"응?"

"그건 4학년 여름에 있었던 일이었어요. 방과 후, 하교하려던 저는 놓고 온 물건이 있다는 걸 깨닫고 교실로 돌아왔어요. 그랬는데⋯⋯."

"그, 그랬는데⋯⋯?"

"아무도 없는 교실에서 마츠시타가 내 리코더를 핥고

있었어요."

"……."

상상을 초월하는 무거운 이야기가 튀어나왔다.

"물론 난 선생님께 고발했어요. 마츠시타는 선생님께 많이 혼났고 그게 원인이 돼서 당분간 반 애들도 그 아이를 피했죠."

"뭐, 그런 이야기가 퍼지면……."

"아, 물론 그 리코더는 버리고 새로운 걸로 다시 샀어요."

"다시 샀구나……."

"……하지만 방과 후 교실에서 본 그 광경이 트라우마가 돼서 전 점점 남자를 피하게 됐어요."

남자가 자신의 리코더를 핥고 있었다면 트라우마가 될 만도 하지.

아이리가 단순히 귀여워서 그녀를 노린 걸까?

아니면 그는 아이리가 좋아서, 호의가 일그러진 변태 행위로 변하고 만 걸까?

어느 쪽이든 그의 사정은 아이리와는 아무런 관계도 없었다.

"그때부터예요. 남자가 무섭다고 생각하게 된 건. 몸도 크고 힘도 세고 뭘 생각하고 있는지 알 수가 없어서…… 자신과는 다른 생물이라고 느끼게 됐어요. 나에게 남자는 우주인 같은 존재예요."

"거리감이 은하계 규모구나……."

"교실에 아무렇지도 않게 야한 잡지를 갖고 오고, 정말 의미를 알 수가 없다니까요."

"아니, 응……뭐, 그건 개인차가 있다고 생각하는데."

확실히 남자와 여자는 달랐고, 남자는 바보거나 변태였다. 고지식한 아이리로서는 그런 모습도 용서할 수 없었겠지.

"……하지만 키류 선배는 좀…… 아주 조금…… 괜찮을지도 모르겠어요……."

"……뭐?"

엉겁결에 고개를 들자 아이리는 뺨을 붉히며 시선을 아래쪽으로 피해버렸다.

왠지 미묘한 분위기로 변해버려 서로 아무 말도 하지 않은 채 치료만 하고 받았다.

"……응, 이걸로 됐어요. 이제 절단의 걱정은 없겠어요."

"처음부터 없었던 것 같은데, 어쨌든 고마워."

"인사를 해야 할 쪽은 저예요. 팬티를 찾아줘서 정말 감사합니다."

반창고를 붙인 케이키의 손을 부드럽게 만지며 아이리가 미소 지었다.

무뚝뚝한 후배가 보여준 솔직한 미소. 귀중하고 매력적인 그 미소는 이번 일의 보수로서 머릿속에 새겨두기로 했다.

"……응, 어라? 벌써 2시 반?! 폐회식 준비를 하러 가야

하는데!"

학생회 일이 있는 듯, 보건실 시계를 보던 아이리가 서두르듯 자리에서 일어났다.

하지만, 잊어버렸을지도 모르지만, 그녀는 오른쪽 발목이 접질린 상태였다.

그 발목이 난폭한 대우를 견딜 수 없었던 듯, 일어난 순간 성대하게 다리가 뒤엉켰다.

"꺄악?!"

"잠깐, 위험해!"

뒤로 쓰러질 뻔한 그녀의 손을 순간 붙잡았지만, 후배의 몸을 지탱하기에는 역부족이었고, 두 사람 모두 옆 침대로 쓰러지고 말았다.

"……옆에도 침대가 있어서 다행이야."

불행 중 다행이었지만, 후배를 침대에 쓰러뜨리는 형태가 되고 말았다.

"나가세도 괜찮—헉?!"

이게 무슨 일인가. 키류의 오른손이 쓰러진 나가세의 가슴을 움켜쥐고 있는 것 아니겠는가.

팬티를 찾아준 믿음직한 선배에서 치한의 현행범으로 극적으로 비포&에프터.

가슴을 붙잡힌 후배의 얼굴이 순식간에 빨개졌다.

"아……아……."

그녀의 입에서 말이 안 되는 소리가 새어나오고 눈에는 눈물이 가득 맺혔다.

(그거 알아? 신뢰를 쌓는 건 힘들지만 무너지는 건 한순간 이라고!)

가해자가 득도한 순간, 피해자 소녀에게서 비명이 용솟음 쳤다.

"싫어어어어어어어어!!"

"으아아아아아아아악?!"

치켜든 아이리의 무릎이 케이키의 다리 사이에 클린 히트.

남자에게 있어서 가장 일어나선 안 되는 사건이 발발한 순간이었다.

변함없는 러브 코미디의 주인공 체질을 이런 곳에서 발 휘하고 소녀의 제재를 받은 성희롱남은 잠시 일어날 수 없 었다.

다음날 방과 후, 케이키는 혼자 동아리 건물로 이어지는 복도를 터덜터덜 걷고 있었다.

"……아—아, 모처럼 나가세와 친해질 기회였는데……."

불순한 의도 없이 그 공격적인 태도를 완화할 기회였다.

실제로 팬티를 되찾아준 직후까지는 잘 되고 있었다.

업신여기는 듯한 시선도 억제되었고 말투도 어딘지 모르 게 상냥했었다. 친구 레벨까지는 가지 않아도 평범하게 이야기를 나눌 수 있는 신추배 정도의 관계는 됐다고 생각한다.

"그런데 단 한 번의 기적으로 물거품이 됐어."

간신히 구축한 아이리와의 우호적인 관계를 운명의 여신에게 빼앗기고 말았다.

케이키의 다리 사이에 치명적인 일격을 먹인 후, 아이리는 쏜살같이 보건실을 뛰쳐나갔기 때문에 변명의 기회조차 주어지지 않았다.

남자를 싫어하는 여자아이에게 그런 짓을 하고 말았으니 관계 회복은 절망적이겠지.

"하아……."

"한숨을 쉬다니, 무슨 일이에요?"

"응? ……아, 어라? 나가세?"

"아, 네. 나가세인데요."

누군가 말을 걸어 돌아봤을 때, 거기에는 교복 차림의 아이리가 서 있었다.

틀림없이 화가 나 있을 거라고 생각했는데 평소와 다름없는 그녀의 모습에 혼란스러웠다.

"키류 선배는 늘 한숨을 쉬네요. 한숨의 수만큼 행복이 도망간다는 이야기, 아세요?"

"아니…… 그것보다, 어제 일로 화나지 않았어?"

"어제 일에 대해서는 사고라는 걸 알고 있으니까요. 오히려 제가 지독한 짓을 해버렸다고나 할까…… 남자의, 저기,

거기는 많이 아프죠?"

"그건 정말 지옥처럼 아팠어."

떠올리고 싶지 않은 격통에 웃는 얼굴이 경련을 일으켰다.

"어쨌든 전 화나지 않았어요. 꽤 부끄러웠던 건 사실이지만 이번에는 무승부인 걸로 하고 화해하도록 해요. 선배는 육체적 고통, 전 정신적 고통을 받은 걸로."

"그래, 알았어."

그 고통과 아이리의 가슴이 과연 어울릴지 아닐지 의문이 남지만 그런 말을 내뱉으면 따귀가 날아올 것 같으니 입 다물기로 했다.

"그리고 저기……실은 한 가지 더 용건이 있는데요……."

"용건?"

말하기 어려운 듯 머뭇거리며 주저하기 시작한 아이리.

마치 고백 이벤트 직전 같은 분위기에 케이키도 긴장해버렸다.

"─키, 키류 선배의 연락처 좀 가르쳐주세요!"

"그래, 기꺼이! ……아, 뭐? 연락처?"

그녀의 용건은 고백이 아니라 단순한 연락처 교환 신청이었다.

"왜 연락처를?"

"아, 착각하지 마세요! 선배랑 가까워지고 싶어서가 아니라 키류 선배에게 부여할 예정인 페널티에 필요할 뿐이니까요."

"딱히 착각은 하지 않았는데…… 페널티라니?"

"다음에 학생회 일 좀 도와주세요. 소녀의 봄을 갖고 논 벌이에요."

"갖고 논 적 없거든! 애초에 어제 일은 무승부로 끝내자고 한 거 아니었어?"

"페널티는 그것과는 다른 일 때문이에요. 전에 선배가 허락도 없이 머리를 쓰다듬었던 일 때문이라고요."

"아, 그런 일도 있었지…….''

확실히 이전에 멋대로 아이리의 머리를 쓰다듬어서 화나게 한 적이 있었다.

뭔가 보복을 하겠다는 말을 들은 것 같은데, 이미 잊었다고 생각했다.

"그때, 선배를 응징하겠다고 했잖아요. 난 내뱉은 말은 실행하는 타입이니까, 포기하고 노동에 임해주세요."

"뭐, 그 정도로 용서해준다면 기꺼이."

이야기가 정리된 후, 두 사람은 스마트폰을 꺼내 연락처를 교환했다.

그때, 아이리가 어쩐지 기뻐하는 것처럼 보였던 건 역시 착각이겠지.

새로운 한 주가 시작되는 월요일 아침, 등교한 케이키가 자신의 자리에서 느긋하게 시간을 보내고 있는데 뒤에서 나타난 쇼마가 어깨동무를 해왔다.

"좋은 아침, 케이키! 이것 좀 봐, 어제 데이트하면서 찍은 코하루의 사진!"

"아침부터 무슨 일인가 했더니 여자친구 자랑이냐……?"

그의 스마트폰에 담긴 건 아이스크림콘을 입에 댄 코하루의 모습.

"코하루는 정말 작고 귀엽지 않냐?"

"그래, 코하루 선배만큼 아이스크림이 잘 어울리는 여고생은 없을 거다."

사진 속 코하루는 확실히 귀여웠지만, 그 이상으로 흥분한 꽃미남 때문에 숨이 막혔다.

"그것보다 이제 그만 좀 놔줘. 그렇게 얼굴을 가까이 대지 마. 이런 모습을 난죠가 보면 큰일 난다고."

"그러고 보니, 마오가 늦네. 슬슬 예비종 울릴 시간인데."

"어라? 듣고 보니 그러네. 평소에는 딱 5분 전에 등교하는데."

겉모습은 활발하고 화려한 여자아이 같지만 의외로 성실한 마오는 지각한 적이 없었다.

평소라면 이미 등교해서 새침한 얼굴로 자리에 앉아 있을 시간인데.

(어떻게 된 거지……?)

그렇게 빨간 머리 동급생이 오지 않은 상태에서 네미종이 울렸다.

결국, 오늘 마오는 학교에 오지 않았다.

단순히 감기에 걸렸을 거라고 생각한 케이키였지만 그녀는 다음날도, 그 다음날도 학교에 나타나지 않았다.

4교시 수업이 끝나고 케이키는 도시락을 준비하기 전에 스마트폰을 꺼내 새로운 메시지를 확인했다.

"……답장은 안 온 건가."

아침부터 수업이 끝날 때마다 같은 행동을 반복했지만, 결과는 똑같았다.

이쪽에서 보낸 문자에 대해 목표물인 인물에게서 답장은 받을 수 없었다.

낙담하며 화면을 잠그는데, 똑같이 스마트폰을 손에 든 쇼마가 다가왔다.

"답장 왔어?"

"아니, 쇼마는?"

"나도 감감무소식이야. ……마오, 어떻게 된 거지?"

"오늘로 4일째인데……."

이번 주 들어서 마오는 한 번도 학교에 오지 않았다.

오늘이 벌써 목요일이니까 4일 연속으로 쉰 것이 된다.

"지금까지 난죠가 이렇게 학교를 쉰 적은 없었는데. 선생님은 컨디션 불량이라고 말했지만 감기로 앓아누웠다고 해도 답장이 전혀 없다는 건 부자연스러워……."

최근에는 낮과 밤의 온도 차가 심한 날이 많았고, 감기에 걸리기 쉬운 시기라 정말 앓아누웠을지도 모른다는 생각에 석찡이 됐다.

"오늘, 수업 끝나고 병문안이라도 가볼까?"

"아—, 난 사양할게. 케이키가 혼자 가야 마오가 더 기뻐할 테니까."

"무슨 말이야? 쇼마도 같이 가면 훨씬 더 기쁠 거야."

"뭐, 작가 모드인 마오라면 그럴지도."

BL을 각별히 사랑하는 부녀자 마오였다.

남자 둘이서 사이좋게 집을 방문하면 그것만으로도 기운이 차릴 승산이 있었다.

"하지만 소녀 모드인 마오는 다를 테니까."

"무슨 뜻이야?"

"난 쓸모없는 존재라는 거지."

무슨 뜻인지 잘 모르겠지만 쇼마가 그렇게 말한다면 어쩔 수 없지.

병문안은 케이키가 혼자 가기로 했다.

방과 후, 케이키는 바로 마오가 사는 맨션을 방문했다.

화려한 느낌은 아니지만 튼튼해 보이는 5층 건물 앞에서 케이키는 걸음을 멈췄다.

"……여기 오는 건 여름방학 데이트 때 이후 처음이네."

그때 소녀만화 작업을 위한 취재 데이트를 했었다.

마오가 월간지 편집자에게 스카우트되어 단편 만화를

게재하게 되었고 소재를 수집하기 위한 시범 데이트의 남자친구 역할로 케이키가 발탁되었던 것이다.

그때, 데이트 마지막에 마오를 맨션 앞까지 바래다줬었다.

소녀만화에 대해서는 여름방학 중에도 계속 원고 작업을 했던 것 같은데—.

"그러고 보니 난죠 녀석, 슬슬 잡지가 발매될 거라고 했었지? 이미 서점에 진열됐나?"

구기대회가 있었던 날 그런 말을 했던 것 같은데, 발매일까지는 듣지 못했다.

그것도 그녀를 만나면 물어봐야겠다.

"어쨌든 가볼까?"

이미 편의점에서 젤리와 음료수 등을 사왔다.

병문안 선물도 단단히 준비했고, 나머지는 돌격만 남은 것이다.

맨션 안으로 발을 들인 케이키는 바로 엘리베이터에 올라탔다.

집 호수는 자고 온 경험이 있는 미즈하에게 물어봤기 때문에 헤매지 않고 버튼을 눌렀고 목적지인 4층까지 올라갔다.

엘리베이터에서 내린 케이키는 통로 안쪽의 '406호실'앞에서 발을 멈췄다.

"……여기구나."

인터폰을 누르고 잠시 기다리자 스피커에서 익숙한 소리가 들렸다.

"—네, 누구세요?"

"아, 저는 마오의 친구인 키류라고 하는데요."

"키류?! 어, 어어어어째서?!"

스피커 너머로 과하게 허둥대는 동급생.

이름을 대기만 했는데 이 정도로 놀란 모습을 보는 건 치음인 것 같다.

"마오라면 지금 없어요! 그만 가세요!"

"저기, 잠깐만!! 네가 마오잖아! 목소리로 알 수 있거든?!"

"됐으니까 돌아가! 지금은 네 얼굴을 보고 싶지 않아!"

"왜 난 고백도 안 했는데 차인 것 같은 기분이 드는 거지!?"

인터폰 스피커 너머로 말다툼하는 남녀.

이유는 명확하지 않지만 마오는 이 문을 열 생각이 없는 것 같았다.

(그쪽이 그렇게 나온다면 나에게도 생각이 있다고!)

이 방법만은 쓰고 싶지 않았지만 어쩔 수 없지.

머릿속으로 스위치를 바꾸고 연기에 방해가 되는 수치심을 버렸다.

준비가 끝나자, 즉시 작전에 착수했다.

"……응? 뭐야, 쇼마……? 너, 뭐 하는 거야?"

"—응? 아키야마도 있어?"

물론 없었다. 하지만 케이키는 거기 쇼마가 있다고 가정하고 대사를 생각해냈다.

"이, 이봐, 비켜!! 팬티를 벗기다니, 무슨 생각으로……! 잠깐, 이런 곳에서 입에 넣으면……하아아앙?!"

"뭐, 뭐 하는 거야?! 뭐 하는 거냐고, 너희들?!"

"도와줘, 난죠! 쇼마가 천국으로 데려가겠다고오오오오!!"

"놓칠 수 없지, 이런 장면……!"

뭔가 늠름한 목소리가 스피커에서 흘러나온 순간 접속이 뚝 끊겼다.

안에서 우당탕탕 사람이 달려 나오는 발소리가 들렸고 현관문이 기세 좋게 열렸다.

"키류! 아키야마! 남의 집 앞에서 무슨 발칙한 짓을 하는 거야?!"

달려 나온 건 밤색 머리칼을 밑으로 늘어뜨린 실내복 차림의 마오였고.

그녀는 디지털카메라를 손에 꽉 쥐고 있었다.

"아키야마는 없잖아?! 키류, 거짓말쟁이!"

"그거야 당연한 거 아니야?!"

방금 그게 논픽션이었다면 세상은 멸망했겠지.

"뭐, 하지만 난죠가 건강해 보여서 다행이야."

"키류……."

그녀를 불러내기 위해 중요한 걸 희생한 것 같은 기분이 들었지만, 건강해 보이는 친구의 모습을 확인하고 겨우 안심할 수 있었다.

"……뭐, 와버렸으니 어쩔 수 없는 건가. 문자도 무시했던 내 잘못도 있으니. 일단 들어와."

"실례할게."

마오의 집은 첫 방문이었다. 안내받은 거실에서 마오가 권유하는 소파에 앉았다.

병문안 선물을 건네자 '고마워'라고 말하며 냉장고 안에 넣었다.

그 이후 컵에 차가운 차를 따라 가져다주었다.

"일단 좀 준비하고 나올 테니까 10분만 줘."

"준비?"

"여자에게는 여러 가지가 필요하거든."

거실을 나간 지 딱 10분 후.

돌아온 마오는 평소처럼 머리를 옆으로 질끈 묶은 스타일로 복장도 아까보다 귀여운 느낌이 들었다.

"여, 역시 남자를 상대로 부주의한 모습은 보여줄 수 없으니까……."

"아, 으응……."

갑자기 나온 소녀 같은 말투에 괜스레 두근거렸다.

동시에 여자의 집에 연락도 없이 찾아온 사려 깊지 못한 자신을 통감했다.

마오가 소파에 앉는 타이밍에 맞춰 케이키는 본론을 꺼냈다.

"그래서, 난죠는 왜 4일이나 학교를 쉰 거야?"

보기에 안색이 나쁜 것 같진 않았다.

다만 그녀의 눈가에는 울어서 부은 흔적이 있었다.

화장으로 숨기려고 한 것 같지만 숨길 수 없는 불그스름한 흔적이 괜히 딱하게 보였다.

"아픈 게 아니니까 괜찮아. 살아갈 기력이 좀 생기지 않는 것뿐이지."

"아니, 그건 아픈 거야. 완벽한 마음의 병이라고. ……대체 무슨 일이 있었던 거야?"

"……그래. 키류도 관계가 없는 건 아니니까……내 방에서 이야기할게, 들어올래?"

자리에서 일어나 거실을 나간 마오의 뒤를 쫓았다.

복도 안쪽, 문에 '마오'라고 쓰인 간판이 걸린 방 안으로 들어가자 남자의 방에서는 느낄 수 없는 달콤한 향기가 코를 간질였다.

침대와 책상, 책장과 CD 컴포넌트가 놓인 깨끗한 공간.

취재 데이트 때 케이키가 선물한 펭귄 인형도 있었다.

그녀의 방은 평범한 여자아이의 방으로 보였다.

책상 위에 만화 도구가 흩어져있는 것 이외에는.

"그 근처에 적당히 앉아."

"그래……."

약간 긴장하면서 쿠션에 앉았다.

그리고 마오가 잭싱 위에 놓아둔 무언가를 들고 테이블 위에 놓았다.

그건 '월간 엘리자벳'이라는 케이키도 이름 정도는 들은 적이 있는 소녀만화 월간지였다.

"이거, 내 만화가 게재된 잡지."

"아, 벌써 발매됐구나. 말해줬으면 샀을 텐데."

"……말할 수 있을 리가, 없잖아."

"난죠……?"

꾹 참은 듯한 마오의 목소리.

무슨 상황인지 몰라 당황하는 케이키에게 그녀는 자신의 스마트폰을 내밀었다.

"이걸……보면 알 수 있을 거야."

"뭐야, 이게? ……게시판?"

받아든 스마트폰 화면에 표시된 건 인터넷 게시판 사이트. 거기에는 다수의 댓글이 달려 있었다.

[미나미 마오 선생님의 단편 만화 봤어?]

[봤어, 봤어. '됐으니까 닥치고 좋아한다고 말해줘!' 맞지?]

[그래, 그거. 개인적으로는 엄청 재미없었어.]

[그러게ㅋ 그림은 잘 그리는데 내용이 너무 평범하다고나 할까.]

[절정도 결말도 없었지.]

[타이틀도 닥치라는 건지 말해달라는 건지 불가사의하고ㅋ]

[역시 미나미 선생님은 BL 세계에서 활동해줘야 해!]

[동감~ㅋㅋ]

"이건……."

시작부터 늘어선 직설적인 비판의 글들.

대충 읽어봤지만 나머지도 비슷한 내용뿐이었다.

"네가 본 것처럼 나의 단편 만화에 대한 비평. 토요일이 발매일이었는데. 발매되자마자 인터넷에서 계속 내 이름을 검색했어."

"네 이름을 검색하다니, 자기 평판을 스스로 조사해봤다는 거야?"

"맞아. 작가의 경우에는 자신이라기보다 작품에 대한 평판을 조사하는 거지만."

"……그래서 그 결과가 혹평의 폭풍이었던 거지?"

실제로 마오가 그린 소녀만화는 인터넷에서 호되게 비난받고 있었다.

이야기가 평범하다느니, 주인공이 너무 평범하다느니, 그건 작가의 마음을 깊이 도려내는 비평 대행진이었다…….

"……훗, 동인 세계에선 신으로 취급받던 내가 이런 꼴이라니."

"하지만 이번 작품은 난죠가 처음 그린 소녀만화잖아? 익숙하지 않은 장르였고 그렇게까지 신경 안 써도 괜찮지 않을까?"

"처음이라는 건 상관없어. 프로의 세계니까. 당신의 실력이 전부지. 처음으로 그린 만화가 신인상을 받아 대히트한 만화가도 있고."

"그렇게 말하면……."

확실히 어떤 세계에나 재능과 실력을 겸비한 초인이 존재했다.

위를 바라보면 끝이 없을 텐데, 그렇게 말한다고 해도 그녀는 납득하지 않겠지.

"그렇게 고민할 바에야 본인 이름 검색은 하지 않았으면 좋았을 텐데."

"……어쩔 수 없잖아. 독자의 반응이 신경 쓰이니까. 자신이 만든 작품이 어떻게 평가되는지 작가라면 신경 쓰이는 게 당연한 거 아니겠어?"

"마음은 이해하지만."

"게다가 발표된 이상 어쨌든 작품의 평가에서 도망칠 순 없어."

"……그래. 난죠는 프로니까."

결과는 혹평이었을지 모르지만 마오는 상업지에 작품이 실린 프로 만화가다.

프로로서 수입을 얻는 이상, 자신의 작품에 대한 평가에서 도망칠 순 없는 것이다.

"키류가 협력해줘서 그린 만화니까 반드시 성공시키고 싶었는데."

"난죠……."

"뭐, 하지만 나쁜 일만 있는 건 아니었어. 이번 일로 경험 부족인 걸 깨달았고, 실패한 점은 제대로 반성하고, 다음에 반영하면 되니까. 아하하."

밝게 말하며 마오는 웃었다.

"다음번에는 열심히 할 거니까 그때는 키류도 사줘. 반드시 재미있는 만화를 그릴 거야. 그러니까……그러니까……."

"……난죠?"

케이키가 눈치챘을 때, 그녀는 울고 있었다.

본인이 참고 있었을 뿐, 마음속으로는 계속 울고 있었겠지.

"아…… 어라? 아아, 왜……."

황급히 눈물을 손으로 닦았지만 거의 의미를 찾을 수 없었다.

그녀의 눈에서 굵은 물방울이 만들어진 후 뚝뚝 흘러내렸다.

"아……아니! 이건 아닌데……."

"괜찮아, 난죠."

그 눈물을 차마 볼 수 없어서 케이키는 마오의 머리에 손을 얹고, 그대로 끌어당겨 안았다.

"이제 괜찮으니까, 참지 마."

"키류…… 흑…… 흐아앙."

케이키의 품에 얼굴을 묻고 마오는 어린애처럼 울기 시작했다.

4일이나 학교를 쉴 정도의 충격이 쉽게 지워질 리가 없었다.

집에 있는 동안에도 그야말로 눈가가 빨개질 정도로 계속 울었겠지.

그런데 케이키 앞에서는 무리하게 밝은 척을 하려고 한 것이다.

뭐든 능숙하게 해내면서 이상한 부분에서 서툴다니까.

이럴 때까지 다른 사람을 배려하는 동급생에게 이렇게 머리를 쓰다듬는 것밖에 할 수 없다는 게 왠지 안타까웠다.

그 이후, 10분 정도 만에 재가동된 마오는 부끄러운 듯 케이키에게서 떨어져 테이블을 사이에 두고 맞은편에 다소곳이 앉았다.

불편한 듯 앞머리를 만지작거리며 '흥' 하고 킁킁거렸다.

"……울어서 미안."

"괜찮아."

"아니, 하지만…… 교복도 젖었고."

"신경 안 써. 그만큼 진심으로 만화에 열중했다는 뜻이잖아."

"……키류는 정말 착한 사람이야."

그렇게 말하며 마오는 웃었다. 이번에는 거짓이 아닌,

진짜 미소였다.

"아—아…… 꽤 자신이 있었는데."

"하지만 딱히, 편집자님께 전력 외 통보를 받은 것도 아니 잖아?"

"그건 그렇지만…… 오히려 다음에는 좋은 평가를 받을 수 있게 힘내자고 말해줬어."

"다행이네."

"……하지만, 이런 기분으로 새로운 만화를 그리는 건……."

"뭐, 열심히 만든 작품이 혹평을 받으면 집에 틀어박히고 싶어지겠지."

만화가가 아닌 케이키도 그녀가 받은 충격의 크기는 상상할 수 있었다.

"그래서 난죠는 지금부터 어떻게 할 거야?"

"난…… 포기하고 싶지 않아. 엄청 분하니까."

"응, 그래?"

"하지만 어떻게 해야 좋을지 모르겠어! 어떤 게 재미있는 건지 모르겠어! 아—정말, 어떻게 해야 좋을까~! 정말, 정말, 정말……!"

"너무 거칠어."

비명을 지르며 쿠션을 때리고 있었지만 훌쩍거리는 것보다는 훨씬 나아 보였다.

"이게 이른바 만화가의 슬럼프라는 건가……?"

닐토는 들었기만 설마 실물을 보게 될 줄은 꿈에도 생각 못 했다.

첫 상업 작품이 혹평을 받은 탓에 마오 선생님도 슬럼프에 빠진 모양이었다.

(하지만……생각에 따라 이 상황은 찬스일지도 몰라.)

케이키의 지금 목표는 서예부 변태 소녀들을 참사람으로 만드는 것이었다.

이번 일을 계기로 마오가 소녀만화에 몰두하게 되면 자연스럽게 BL 만화에서 멀어져 부녀자에서 평범한 여자로 직업을 바꿀 수 있을지도 모른다.

그렇게 되면 두 번 다시 BL 책 소재가 될 걱정은 할 필요가 없게 될 것이다.

"좋아! 일단 시작한 이상 도중에 그만둘 순 없지. 나도 협력할 테니까 재미있는 소녀만화를 만들어보자!"

"왜 키류가 의욕을 보이는 거야?"

이렇게 케이키는 마오의 만화 작업에 협력하게 되었다.

다음날. 금요일 방과 후. 2학년 B반 교실에는 4명의 남녀의 모습이 보였다.

4개의 책상을 합체해서 만든 즉석 테이블을 둘러싸고

케이키와 마오, 쇼마와 코하루 커플이 마주 앉아 있었다.

"역시나. 재미있는 소녀만화를 만들고 싶다는 거야?"

"응. 이제 혹평을 받는 건 절대로 싫으니까. 아키야마나 코하루 선배도 협력해줬으면 좋겠어."

"소녀만화에 연애 소재는 없어서는 안 되는 거잖아. 쇼마와 코하루 선배는 귀중한 커플이니까 꼭 이야기를 듣고 싶어."

"커플이라니, 좀……부끄럽네요."

뺨에 손을 대고 머뭇거리는 상급생이 귀여운 건 그렇다 치고.

재미있는 소녀만화를 만들기 위해 케이키가 마오에게 제안한 방법은 지인들을 취재하는 거였다.

BL 만화에는 자신이 있는 마오였지만 소녀만화에 대해서는 아직 경험이 부족했다.

그래서 그 부족한 부분을 채우기 위해 주변 사람들에게서 리얼하고 질 좋은 연애 소재를 수집한다는 작전이었다.

"오오토리 선배, 죄송해요. 제 입장 때문에 협력해달라고 해서."

"신경 쓰지 마세요. 전 소녀만화를 정말 좋아하니까 만화가인 난죠와 이야기를 할 수 있어서 너무 기뻐요."

코하루는 소녀만화를 많이 소유하고 있고, 케이키가 사유키와 유원지 데이트를 했을 때는 그 만화를 참고로 하기도 했다.

"실은 '월간 엘리자벳'도 구독하고 있어서 난죠의 만화도 읽어봤어요."

"저기…… 읽어보고 어떠셨어요?"

"글쎄요. 너그러이 채점해도 아직 멀었다고 생각했어요."

"으윽…… 역시나…….."

엄격한 채점에 고개를 숙이는 마오 선생님.

"하지만 심리묘사는 뛰어났고, 그림도 구성도 나쁘지 않았어요. 문제점은 스토리가 평범하다는 그 하나뿐이라고 생각해요."

"나도 집에서 읽어봤는데 코하루 선배랑 같은 감상이었어."

"으윽…… 순애물로 그린 게 잘못이었던 건가……?"

"순애물이 잘못이라고는 말하지 않았지만, 그걸로는 이야기에 기복이 너무 없어서 독자들은 도중에 질리고 말 거예요."

코하루의 지적에 쇼마가 '으—음……' 하고 생각에 잠겼다.

"마오의 만화를 재미있게 만들려면 뭐가 부족할까?"

"글쎄요. 소년만화든 소녀만화든 이야기를 재미있게 만드는 건 자극이라는 이름의 스파이스예요. 그걸 의식한 것만으로도 꽤 달라질 거라고 생각해요."

"……확실히, 내 만화에는 자극이 부족했을지도 몰라."

응, 응, 고개를 끄덕이며 진지하게 메모를 하는 마오.

소녀만화를 즐겨 보는 코하루의 이야기는 참고가 될 것

이다.

"저기…… 오오토리 선배? 선배를 '스승님'이라고 불러도 될까요?"

"스승님?"

"소녀만화의 스승님 말이에요. 또 이야기를 들어주시면 기쁠 것 같은데……."

"네, 저라도 괜찮다면 기꺼이."

쭈뼛쭈뼛 말을 꺼낸 마오의 신청을 코하루가 웃는 얼굴로 승낙했다.

무언가 사제관계가 맺어진 것 같았다.

"왠지 즐거워 보이는데."

"그러게."

여자들끼리 친해졌을 즈음 케이키가 이야기를 원래 주제로 되돌렸다.

"그럼 바로 취재를 시작해볼까—."

그 이후, 취재를 끝낸 케이키와 마오는 동아리 건물을 향해 교내를 걷고 있었다.

"설마 스승님이 아키야마의 스토커일 줄은 몰랐어……."

"나도 처음 알았을 땐 깜짝 놀랐어."

천문부 부실에 가득 붙어 있는 쇼마의 사진에는 충격을 받았었다.

"쇼마와 코하루 선배의 이야기가 참고될 것 같아?"

"글쎄? 역시 도촬 같은 건 아웃 아닐까? ……뭐, 스승님의 한결같은 짝사랑에는 좀 감동했지만."

"내가 봐도 코하루 선배는 귀여우니까."

"……로리콘?"

"아니거든."

"아하하, 알고 있어."

놀리듯 말한 뒤 진지한 표정을 지으며 마오는 중얼거렸다.

"스승님의 이야기를 듣고 생각해봤는데. 난, 단순히 내가 그리고 싶은 것만 그리고, 독자를 생각하지 않았던 걸지도 몰라. ……역시 경험 부족일지도."

"그러니까 지금부터 경험을 쌓아갈 거잖아?"

"……맞아. 응. 힘내야지."

"그럼 다음으로는 서예부 멤버들이지?"

이런 느낌으로 미나미 마오 선생님과 그 조수의 취재 여행이 시작되었다.

우선 서예부 부실에서 글자를 쓰고 있던 토키하라 사유키에게 이야기를 들었다.

"소녀만화에서 설레는 남자 캐릭터? 그거야 당연히 여주인공을 암퇘지 취급할 수 있는 도S인 귀축 캐릭터지. 여자를 가차 없이 걷어찰 수 있고 성희롱에 여념이 없는 주인님이 최고라고 생각해!"

"확실히 캐릭터는 성립되지만, 너무 비정상적이라 각하될 거야."

"그렇게까지 가면 성인만화가 되겠지."

다음으로는 도서실. 독서에 임하고 있던 코가 유이카에게 돌격 취재를 감행했다.

"소녀만화에서 설레는 상황 말인가요? 그거야 평소에는 기가 센 남자아이가 연하인 여자아이에게 머리를 밟히며 억울해하면서 이를 악무는 게 최고 아닐까요?"

"유이카는 평소 대체 어떤 소녀만화를 읽는 거야?"

"유이카는 귀여운 얼굴을 하고선, 생각보다 망가졌네."

마지막인 키류 미즈하는 이미 하교했기 때문에 전화로 청취 조사를 했다.

『만화로 만들 거라면 오빠와 여동생의 금단의 사랑이 좋다고 생각해. 오빠가 욕정을 갖고 훔쳐보는 플레이를 좋아하는 변태라면 말할 것도 없겠지. 음란한 눈으로 핥듯이 나의 알몸을 봐줬으면 좋겠어.』

"응, 도중부터 자신의 소원을 말하고 있구나. 오빠는 미즈하의 장래가 걱정돼."

"……왠지 내가 알던 미즈하와 다른 것 같아."

이러저러해서 부원 전원의 취재를 마치고 교실로 돌아오자마자 마오는 지친 모습으로 책상에 엎드렸다.

"……솔직히 말해서 취재하는 상대를 잘못 정한 것 같은 기분이 들어."

"그런 것 같긴 해."

"인정하는 거야?"

마오가 질린 얼굴로 쓸모없는 협력자를 올려다봤다.

"뭐, 하지만 여기까지는 정말 전초전이야. 진짜는 지금부터 만날 두 사람이니까."

"뭐? 아직 남았어?"

"외부인이지만 괜찮아. 약속은 이미 해뒀으니까."

"……그게 누군데?"

그 질문에 케이키는 히죽 기분 나쁜 미소를 지었다.

약속 장소는 전날 쇼마의 바람 소동이 있을 때도 이용했던 역 근처 세련된 카페였다.

가게에 들어서자 창가 자리에서 짧은 머리가 멋진 아사히가 손을 흔들고 있었다.

"케이! 이쪽이야, 이쪽!"

"죄송해요, 제가 불러놓고 기다리게 해서."

"신경 안 써도 돼. 우리가 일찍 도착한 것뿐이니까."

아사히 옆에 윤기 있는 약간 긴 머리를 늘어뜨린 유우히가 상냥하게 미소 짓고 있었다.

세련된 복장으로, 정말이지 어른스러운 분위기가 느껴지는 미인 자매.

그런 두 사람의 여대생과 이야기를 나누는 케이키의 교복을, 옆에 서 있던 마오가 살짝 잡아당겼다.

"저기……키류? 이분들은?"

"쇼마의 누나들이야."

"그래?"

"맞아~, 내가 장녀인 아키야마 아사히."

"난 차녀인 유우히라고 해. 나랑 아사히는 쌍둥이 자매야."

"저기, 처음 뵙겠습니다. 키류의 같은 반 친구인 난죠 마오라고 합니다."

"마오? 어쨌든 두 사람 다 앉아. ―아, 마오, 주문은 뭐로 할래? 여긴 카페라테가 맛있는데."

"디저트로는 치즈 케이크를 추천할게."

"아, 그런가요……?"

자리에 앉긴 했지만, 붙임성 너무 좋은 성격의 쌍둥이 때문에 마오는 안절부절못하는 상태였다.

별로 사교적인 타입은 아니었으니 익숙하지 않은 거겠지.

그렇게 꿔다 놓은 보릿자루 같은 마오에게 유우히가 의미심장한 시선을 보냈다.

"마오는 혹시 케이의 여자친구?"

"네?! 아, 아뇨, 아닌데요."

"어머, 그렇구나. 잘 어울리는 것 같은데."

"잘 어울려요?!"

연상의 여성들의 장난감이 된 마오가 신선해서 재미있었다.

그 후 주문한 음료가 나오고 겨우 본론으로 들어가게 되었다.

"그래서 케이, 오늘은 우리에게 취재하고 싶은 게 있다고 했지?"

"네에, 실은 난죠가 소녀만화를 그리고 있거든요. 작품 제작을 위해 꼭 두 사람의 연애 이야기를 들려주셨으면 좋겠어요."

"그런 거였어? 물론 오케이야. 재미있을 것 같으니까."

"그러게, 재미있겠다."

이 자매에게 모든 일의 판단기준은 재미있느냐 아니냐 하는 것 같았다.

"하지만 기대에 부응할 수 있을지 미묘하네. 난 그렇게 연애 경험이 많지 않으니까."

"그런가요? 왠지 의외네요."

"난 옛날부터 쇼마에게 일편단심이었거든."

"아아……."

그러고 보니 이 자매는 중증 브라더 콤플렉스였다.

아사히의 발언을 받아 옆에 앉은 마오가 작은 목소리로 물어보았다.

"……아사히 씨는 혹시 브라더 콤플렉스?"

"고민할 것도 없이 브라더 콤플렉스야. 참고로 유우히

누나도 브라더 콤플렉스지.”

“흐음…….”

“동생을 아주 좋아하는 브라더 콤플렉스 누나랍니다~♪”

“그렇습니다~♪”

파티를 즐기는 것 같은 텐션으로 아이돌 풍 피스를 보여주는 브라더 콤플렉스 자매.

고등학생들이 반응에 곤란해하고 있는데 아사히가 ‘으━음’ 하고 뭔가 생각하는 듯 손가락을 입술에 갖다 댔다.

“뭐, 꼭 듣고 싶다면 아사히 언니가 남동생의 팬티를 킁킁했던 일이나, 잠든 남동생 뺨에 뽀뽀한 일을 자세히 말해줄 순 있는데…….”

“그건 들어선 안 되는 계통의 에피소드인 것 같으니까 패스할게요…….”

“거의 다 말한 것 같은 기분도 들고…….”

케이키와 마오가 나란히 미묘한 표정을 지었다.

대단한 누나들과 살고 있는 쇼마에게 마음속으로 인사를 보냈다.

“그럼 여기선 역시 유우히가 나서야 할 차례인가.”

“내 입으로 말하는 것도 좀 그렇지만 난 연애 경험이 풍부하니까. 뭐든 물어봐도 돼.”

“그렇대, 난죠. 여러 가지를 물어봐.”

“아, 응…….”

케이키의 새측에 마오가 메모장과 펜을 꺼냈다.

"저기…… 그럼 유우히 씨의 첫사랑 이야기를 들을 수 있을까요?"

"오오, 단골 레퍼토리부터? 하지만 난 첫사랑은 남동생인 쇼니까 두 번째 사랑으로 해도 될까?"

"아, 네에…… 그것도 괜찮아요."

마오의 뺨이 경련을 일으켰지만 유우히는 전혀 신경 쓰지 않고 이야기하기 시작했다.

"처음은 초등학교 때였어."

"……네?"

"방과 후 이과 준비실에서ー ."

"스톱, 스톱! 무슨 말을 하려는 거예요?!"

"뭐냐니, 나의 첫 경험 이야긴데?"

"첫 경험?! 잠깐만? 지금 초등학교 때라고 하지 않았어요?!"

청초한 스타일 음란녀의 과감한 고백에 마오가 웬일로 태클을 걸었다.

케이키도 유우히의 문제적 발언에 입안에 있던 커피를 뿜고 말았다.

결론부터 말하면, 유우히의 경험담은 너무 생생해서 참고할 수 없었다.

"어라라, 고등학생에게는 자극이 너무 강했던 것 같네."

"솔직히 언니도 조금 두근거렸어."

여동생과는 달리 순정적인 아사히 언니는 뺨을 붉히고 머뭇거렸다.

"나의 경험담도 소용이 없다면 정말 손을 써볼 도리가 없는데."

"아, 그럼 우리와 쇼의 밸런타인데이에 관한 이야기라도 할까?"

"밸런타인데이……?"

그 단어를 들었을 때 케이키 안에서 안 좋은 예감이 맴돌았다.

아키야마 가에서 일어난 '밸런타인 사건'은 이미 쇼마에게 들었기 때문이다.

"쇼가 중학생 때, 밸런타인데이에 나랑 유우히가 초콜릿을 주려고 했거든? 평범하게 주면 재미가 없으니까 우리 몸에 초콜릿을 바르고 쇼가 들어올 때까지 욕실에서 전라로 대기하고 있었는데 — ."

"키류?! 어떻게 된 거야, 이 사람들?!"

"……미안하다."

대학생인 아사히와 유우히라면 값어치 있는 연애 이야기를 들을 수 있을 거라고 생각했는데 그 예상은 멋지게 빗나갔다.

실제로 들은 건 유우히의 아주 생생한 경험담과 격심한 브라더 콤플렉스를 가진 누나들에 의한 광기의 밸런타인 사건이라는 유감스러운 라인업들—.

"그때 쇼가 얼굴을 새빨갛게 물들이고 화내는 게 귀여워. ……하아하아……."

"아사히, 침이 흐르고 있어."

냅킨으로 언니의 침을 닦는 여동생의 모습을 바라보면서 취재의 실패를 감지한 고등학생 두 명은 동시에 한숨을 내쉬었다.

아사히와 유우히의 취재가 끝난 뒤 자매의 잡담(주로 남동생에 관한 이야기)을 들어주다가 겨우 해방된 건 오후 8시가 지났을 무렵이었다.

완전히 어두워진 하늘 아래에서 녹초가 된 케이키와 마오가 찾은 곳은 늦은 밤의 공원이었다.

그 벤치에 두 사람은 축 늘어진 모습으로 앉아 있었다.

"……난죠, 뭔가 수확은 있었어?"

"……그 취재로 수확이 있었을 거라 생각해?"

"……뭐, 그렇겠지."

서예부 멤버도 쌍둥이 자매도, 이야기를 들을 상대를 잘못 선택했다고밖에 생각할 수 없었다.

"유우히 씨, 첫 경험이 초등학생 때라는 게 정말일까?"

"그, 글쎄……?"

역시 농담일 거라고 생각하고 싶지만, 현장이 이과 준비실이라는 게 묘하게 리얼리티가 있어서 완전히 부정할 수 없었다.

"정말, 좀처럼 잘 안 되네."

"그러게. ……아—아, 왜일까?"

성과를 올릴 수 없었기 때문인지 마오가 어깨를 푹 떨어뜨렸다.

"그러고 보니 난죠 말이야."

"응—?"

"쇼마가 코하루 선배와 사귀게 됐는데 방해 안 해도 돼?"

"뭐?"

"아니, 난죠는 내가 여자랑 붙어 있지 않도록 방해하기 위해 서예부에 들어온 거잖아? 내가 누군가와 사귀면 쇼마와 보내는 시간이 줄어들어서 BL 소재를 모을 수 없다면서."

"아—그런 말을 했었지?"

생각해보면 난죠 마오가 서예부에 입부한 이유가 그거였다.

BL 만화 모델인 케이키가 실제로 여자와 사귀지 않도록 방해한다는, 성가시기 짝이 없는 목적으로 그녀는 서예부에 소속되어 있었다.

"난죠로서는 쇼마가 코하루 선배와 사귀는 것도 곤란한 거 아니야?"

"아니, 그쪽은 그렇게 곤란하지 않아."

"뭐? 그래? 어째서?"

"글쎄, 어째서일까? ……모르겠어?"

옆에 앉은 동급생에게 향해진 건 무언가를 시험하는 듯한 시선.

"아니, 전혀 모르겠어."

"뭐, 키류라면 그렇겠지."

"무슨 뜻이야?!"

"뭐, 지금은 비밀인 걸로. 대답은 머지않아 마음이 내키면 가르쳐줄게."

"뭐야, 그게⋯⋯."

변함없이 여자라는 존재는 이해할 수 없는 존재였다.

(⋯⋯하지만 비밀이라는 건 따로 이유가 있다는 뜻이지?)

신경은 쓰였지만 가르쳐주지 않는다면 어쩔 수가 없었다.

마오가 언제쯤 말을 하고 싶어질지 알 수 없지만 느긋하게 기다릴 수밖에 없을 것 같았다.

"지금은 그런 것보다 소녀만화가 우선이니까."

"오늘은 별로 진전이 없었지만."

"조금은 있었어. 스승님과 친해졌고."

"너, 연락처도 교환했지?"

코하루는 누구와도 친해질 수 있는 재능을 갖고 있었다.

사유키와도 문자 친구인 것 같고 여름 축제 때 포장마차를 도와준 걸 계기로 최근에는 미즈하와도 교류가 있는 것 같았다.

"재미있는 만화라⋯⋯스승님도 말했지만 어떻게든 자극

적인 부분을 넣고 싶은데."

"차라리 서예부 정예들의 의견을 받아들이지 그래? 도S
의 귀축남이라든가 금단의 사랑이라든가, 임팩트는 있을
것 같은데."

"나쁘지 않은 접근이지만 도S인 남자 캐릭터가 나오는 만
화는 꽤 많고 금단의 사랑도 그렇게까지 신선한 맛은 없어.
좋든 나쁘든 쉬운 길이라는 느낌."

확실히 남매물이라든가 교사와 학생이라든가 금단의 사
랑은 비교적 메이저 장르일지도 모른다.

"그런 게 나쁘다는 의미는 아니지만, 좀 더 파격적인 느낌이
필요한데."

"파격적인 느낌이라⋯⋯."

생각해봤지만 초보가 쉽게 떠올릴 수 없는 일이었다.

평범하지 않다는 의미라면 케이키의 스쿨 라이프가 훨씬
더 크레이지할 텐데.

"파격적이라면⋯⋯ 서예부 멤버들 모두가 파격적인 편이
잖아."

"흐엑?!"

케이키의 대사를 들은 순간 옆에 앉은 마오가 이상한 소
리를 질렀다.

그리고 굉장한 속도로 케이키의 어깨를 꽉 붙잡았다.

사냥감을 놓치지 않으려는 육식 동물 같은 행동에 포획된

케이키는 자신도 모르게 숨을 삼켰다.

"키류! 너 지금 뭐라고 했어?!"

"뭐? 아니, 그러니까…… 서예부 멤버는 전부 파격적이라고."

"그거야!"

"뭐가?!"

질문에는 답하지 않고 몸을 뗀 마오는 허겁지겁 자신의 가방을 들고 빈손으로는 케이키의 손을 잡았다.

"부탁이야. 지금부터 좀 같이 가줘야겠어."

"뭐? 지금부터? 어디?"

"호텔."

"……뭐?"

늦은 밤 공원에서 마오가 말한 건 어른의 데이트 신청이었다.

동급생 여자아이에게 끌려온 곳은 정말 호텔방이었다.

그다지 넓지 않은 실내에 책상과 소형 냉장고 등 형식적인 가구와 가전이 놓여 있었고 물론 침대는 하나밖에 없었다.

"서 있지 말고 거기 앉지?"

"아, 으응……."

앉으라는 말을 들었지만 책상과 세트인 의자에는 마오가 가방을 올려뒀기 때문에 사용할 수 없었다.

가방을 바닥에 내려놓은 케이키는 어쩔 수 없이 침대 옆에 걸터앉았다.

"그, 그래서 난죠? 지금부터 어떻게 할 거야?"

"어떻게 하고 말 것도 없이─여기까지 와서 할 거라곤 하나밖에 없잖아?"

교복 리본을 푼 마오가 침대로 올라왔다.

시트에 양손을 대고 도발하듯 다가오는 동급생의 벌어진 앞가슴으로 연보랏빛 속옷이 힐끔 보였다.

"……저기, 키류?"

"으, 으응?!"

"오늘 밤은 재우지 않을 거야."

"뭐어어어?!"

"내일은 휴일이니까 밤새 할 수 있고."

"밤새?!"

"자, 실컷 토해내 봐!"

"뭘?!"

"뭐냐니, 당연히 너의 지금까지의 체험담이지."

"……뭐? 체험담?"

냉정을 찾았다.

일단 상황을 정리하기 위해 서로 침대 위에 앉았다.

"그러니까, 나의 체험담이라니, 그게 무슨 말이야?"

"그러니까 취재라니까. 키류와 서예부 부원들 사이에서

있었던 일을 몽땅 털어놓아 봐."

"뭐어?"

"맹점이었어. 설마 키류가 가장 취재할 보람이 있는 상대일 줄이야."

"아니…… 저기, 잠깐만?"

"나를 포함해서 변태적인 아이들만 모인 서예부, 그 안에 있는 단 한 명의 정상적인 남자라니, 이런 파격적인 설정, 만화에서도 본 적 없어."

"난죠…… 너, 설마…….."

"정말 등잔 밑이 어두웠어. 이렇게 가까이에 최고의 소재가 굴러다니고 있었는데."

"소녀만화에도 날 모델로 할 생각이야?!"

"정답♪"

정말 다른 사람이라고 의심하고 싶을 정도로 귀여운 미소였다.

아무래도 그녀의 목적은 케이키가 서예부에서 체험한 이야기를 듣는 것인 듯했다.

체크인한 곳이 평범한 비즈니스호텔이었다는 시점에서 눈치를 채야 했다.

"자, 키류? 부장님과 유이카랑 미즈하, 그 세 사람과 너와의 사이에 있었던 일을 전부, 몽땅 자백해보겠어?"

"뭐야, 그런 수치 플레이는?!"

"즉, 말하기 부끄러운 이벤트가 있었다는 뜻이지?"

"으아아아아아아아악?! 난 바보야아아아아아!!"

이건 곤란해. 상당히 곤란해.

말하면 말할수록 최악의 상황에 빠지고 있는 것 같은 기분이 들었다.

"안심해. 다른 사람에게는 말하지 않겠다고 약속할게."

"하지만 만화로는 그릴 거잖아?"

"그렇지만 들은 걸 그대로 그리지는 않을 거야. 난 그저 알고 싶어. 서예부 부원들과 함께 있으면서 키류가 느낀걸. 내가 성장하기 위해 반드시 필요한 일이니까."

"난죠……."

"협력…… 해줄 거지?"

그녀의 눈은 진지했다.

아니, 난죠 마오는 언제나 진지했다.

화려한 겉모습과는 달리 의외로 진지하고 쌀쌀맞게 행동하는 주제에 다른 사람의 마음을 잘 헤아려주고.

자신이 결심한 걸 마지막까지 해내는 강한 의지를 가진 여자아이였다.

"……하아, 알았어. 만화 제작에 협력하겠다고 말한 건 나니까."

"좋았어!"

펄쩍펄쩍 뛸 기세로 기뻐하는 동급생의 모습에 자연스럽게 미소가 지어졌다.

"하지만 왜 호텔이야? 이야기만 하는 거라면 우리 십에서 해도 되잖아?"

"너희 집엔 미즈하가 있으니까. 우리 집에는 엄마가 있을 거고. 역시 가족이 있는 집에서 남녀가 하룻밤을 지새우는 건 무리니까."

"왜 하룻밤을 지새우는 게 전제가 되는 건데?"

"왜냐하면 멤버 전원의 에피소드를 들으려면 분명 긴 이야기가 될 테니까."

"그건 그렇지만…… 그런 거라면 일정을 나눠서."

"그건 안 돼."

"왜?"

그 질문에 마오는 눈부신 미소를 꽃피우며──.

"당연히 지금이 좋으니까! 지금 가장 동기 부여가 잘 되니까!"

"……."

방심해서 자신도 모르게 그녀의 미소에 살짝 설레고 말았다.

자신을 속이지도 않고 올곧게 마음을 고백한 마오의 모습이 왠지 굉장히 매력적으로 보였다.

"……알았어. 오늘은 끝까지 같이 할게."

반짝거리는 눈으로 부탁하는데 거절할 수도 없고, 케이키는 마오를 도와주기로 했다.

다만 이야기를 시작하기 전에 해야 할 일이 있었다.

케이키는 미즈하에게, 마오는 어머니에게 외박한다는 문자를 보냈다.

둘 다 '친구 집에서 외박한다'는 거짓말을 했다.

나쁜 짓을 하는 것 같아서 좀 두근거렸지만 비일상적인 고양감이 기분 좋았다.

준비를 끝낸 두 사람은 다시 침대 위에 마주 앉았다.

긴 밤을 이용해서 마지막 취재를 하기 위해.

"시작은 다 함께 부실 청소를 했던 날이었어. 난 혼자 청소도구를 정리하기 위해 남았고. 아무도 없는 부실로 돌아가서—."

자신과 부원들과의 일을 이야기하려면 그건 절대적으로 빠질 수 없는 에피소드.

"난 그곳에서 발신인 이름이 없는 이상한 러브레터와 새하얀 팬티를 발견했지—."

그 이후 케이키는 밤새도록 이야기를 이어나갔다.

5월에 러브레터를 발견한 후 그 발신인인 신데렐라의 정체가 발각될 때까지 역시 멤버들의 사적인 부분은 숨기면서 이야기해도 문제없는 범위 내에서 자신에게 일어난 일들을 전했다.

러브레터의 발신인을 계속 찾았다는 것.

사유키와 유이카, 나오의 본성이 드러났을 때의 일.

사유키와의 유원지 데이트와 노팬티 사건.

유이카의 팬티를 뒤적거리던 현장을 사진으로 찍혀 노예가 되었던 일.

그리고 모두 다 같이 갔던 실내 수영장에서 미즈하의 정체를 밝힌 일.

그곳에서 여동생에게 입술을 빼앗긴 건 말하지 않았지만.

간신히 모든 이야기를 끝낸 건 새벽 4시를 지났을 무렵이었다.

"그래서 신데렐라의 정체는 미즈하였다는 거지?"

"뭐, 미즈하도 결국 변태였지만."

"키류가 러브레터의 발신인을 찾고 있었다는 건 전혀 눈치채지 못했어."

"눈치채면 안 되잖아. 난죠도 신데렐라 용의자였으니까."

"그것도 그런가? ……그것보다 여자친구를 손에 넣기 위해 신데렐라를 찾다니, 동기가 너무 불순한 거 아니야?"

"미안하다, 자신의 욕구에 솔직한 남자라서."

"정말 불순하다니까. 꽤 엉큼한 생각도 하는 것 같고? 부장의 가슴을 만지작거리고 유이카의 알몸을 보고."

"아니, 둘 다 부득이한 사정이 있어서……."

"설마 그렇게 지조 없이 여자들과 플래그를 세우고 있을 줄은 몰랐어."

"그런 적 없거든."

어느 쪽이냐 묻는다면, 플래그를 뿌리째 부러뜨렸다는 표현이 더 정확하겠지.

"뭐, 하지만 고마워. 굉장히 참고가 됐어."

"도움이 되었다니 영광이네."

취재도 끝나고 임무를 달성한 케이키 입에서 '후아암' 하고 하품이 흘러나왔다.

"키류는 좀 자도 돼. 점심때쯤 깨워줄 테니까."

"난죠는?"

"난 열기가 식기 전에 콘티를 만들어야지. 지금, 굉장히 영감이 샘솟고 있거든."

"그래? 그럼 사양 않고 좀 자도록 할게."

"응. 자는 사이에 키류의 바나나를 관찰하진 않을 테니까 안심해."

"바로 불안해지는데?!"

다소 불안감은 떨칠 수 없었지만 피로와 졸음의 한계를 이미 넘어버린 케이키는 욕망 그대로 하나밖에 없는 침대로 쓰러졌다.

"불 끌게."

"그래, 고마워."

방의 불은 꺼지고 데스크 라이트 불빛만이 희미하게 빛나고 있었다.

책상을 마주하고 작업을 시작하는 동급생의 옆모습을 힐끔 보고,

"……힘내."

그녀가 연필을 움직이는 소리를 들으면서 케이키는 천천히 눈을 감았다.

◇

케이키가 잠든 후 마오는 계속해서 만화 콘티를 그려나갔다.

지금까지 한 번도 느껴본 적이 없었을 정도로 아이디어가 흘러넘쳐서.

연필을 조종하는 손을 멈출 수 없었다.

즐겁고 너무 즐거워서 시간을 잊을 정도로 두근거려서.

새하얀 스케치북에 차례차례 이야기가 탄생되었다.

그리고 태양이 하늘 위에 다다랐을 무렵—.

"……다됐다."

책상 위에는 완성된 소녀만화 콘티가 있었다.

주인공은 사랑을 동경하는 평범한 여고생.

그런 그녀 주변에 매력적인 남고생이 몇 명이나 나타나고 그녀에게 마음이 있는 기색을 보이지만 그들의 정체는 전원 변태였다는 스토리.

주인공은 그들의 다양한 변태 행각에 정색하지만, 이런저런 일로 인해 우당탕탕 러브 코미디 속으로 뛰어든다—.

"……응. 이건 분명 재미있을 거야!"

혼신을 다한 신작 타이틀은 계속 고민한 끝에 '꽃미남이면 변태라도 좋아해 주실 수 있나요?'로 정했다.

본인이 생각해도 너무 심한 발상인 것 같긴 하지만 내용에도 맞고 꽤 마음에 들었다.

명심했던 건 읽어준 사람의 미소를 떠올리는 것.

혹평받은 작품은 자신이 그리고 싶은 걸 그대로 그린 작품이었다.

BL 동인지는 그걸로 잘 팔렸고 평판도 더할 나위 없었다.

그래서 소녀만화에서도 같은 방식이 통용될 거라고 생각했다.

"그런 쉬운 이야기가 있을 리가 없는데……."

첫 상업지, 그것도 지금까지 전혀 관계한 적 없었던 '소녀만화'라는 장르에서 동인지와 같은 방법으로 성공하려고 하다니, 자만하는 데에도 분수가 있지.

그걸 깨닫게 해준 건—.

"저기, 키류? 완성했어. 빨리 일어나서 칭찬해줘."

침대로 다가가 그의 어깨를 흔들어보았지만 일어날 기색이 없었다.

"이 녀석……전혀 일어나질 않네."

익숙하지 않은 철야를 시키고 말았으니 어쩔 수 없을지도 모르지만.

지금은 빨리 완성된 네임을 봐줬으면 좋겠는데.

"귀엽게 잠든 얼굴…… 키류는 자신이 생각하는 만큼 못생기지 않았어."

어쩐지 이 남자는 자기에 대한 평가가 너무 낮았다.

꽃미남 친구와 함께 다니면서 비교를 당할 때가 많았지만 그럭저럭 단정한 얼굴을 하고 있는데.

"그렇게 여자들에게 사랑을 받고 있는데 전혀 자각을 못 한다니까……."

여심을 이해하는 케이기가 있다면 그건 그거대로 싫겠지만.

"뭐, 하지만……."

좀 망설인 후, 마오는 침대 옆에 앉았다.

"……조금만, 이대로 놔둘까?"

이 남자에게는 속옷 차림이나 맨가슴까지 보여준 적이 있었다.

그러니 잠든 얼굴을 보는 것 정도는 용서받을 수 있을 거라고 생각했다.

케이키가 눈을 떴을 때 이마가 맞닿을 정도의 거리에 마오의 얼굴이 있었다.

"좋은 아침, 키류."

"좋은 아침……응? 으아아아아아아악?!"

그 자리에서 벌떡 일어났다. 깜짝 놀랐다.

일어났는데 동급생 여자아이가 옆에 누워있다면 누구라도 놀라겠지.

"아하하, 키류는 너무 잘 놀라는 것 같아."

웃으며 몸을 일으킨 후 침대 위에 털썩 앉은 마오.

그녀는 목욕 가운을 몸에 두르고 밤색 머리칼을 밑으로 내린 무방비한 모습이었고, 그걸 본 케이키는 졸음이 완전히 싹 달아났다.

"왜, 왜, 난죠가 내 옆에 누워있었던 거야?"

"키류가 계속 침대를 점령하고 있었으니까. 나도 피곤한데."

"아, 그건 미안했어."

그러고 보니 어젯밤에는 마오와 이 방에서 머물렀다.

겨우 냉정을 되찾고 케이키도 마오 앞에 앉았다.

샤워를 끝낸 것인지 그녀에게서 샴푸 향 같은 좋은 냄새가 났다.

"키류는 푹 잤지? 벌써 점심때가 지났어."

"뭐? 내가 그렇게 잤어?"

"흐응, 덕분에 잠든 얼굴을 마음껏 만끽할 수 있었지."

"……잠든 얼굴만 본 거지? 나의 바나나를 관찰했다거나……."

"그런 짓 안 했어. 그럴 여유도 없었고."

그렇게 말하며 마오는 스케치북을 집어 들었다.

"완성했어."

그것만으로 신작 콘티가 완성됐다는 걸 알았다.

"읽어봐."

"읽어봐도 돼?"

"당연하지. 키류는 협력자니까."

"그럼 실례할게……."

스케치북을 받아들고 펼쳐보았다.

가장 먼저 느낀 건 그게 평범한 콘티의 퀄리티가 아니라는 것.

캐릭터도 제대로 디자인되어 있고, 표정이나 몸짓까지 확실하게 알아차릴 수 있는 거의 완성 원고 같은 정밀도였다.

"……아니, 이건 콘티의 퀄리티가 아닌 것 같은데?"

"아니— 왠지 연필이 잘 움직여서."

"그렇다고 해도 너무 빠르잖아……."

50페이지 가까운 대작을 새벽부터 점심때까지 단 몇 시간 만에 다 그려내다니.

만화에 대해 자세히 알지 못하는 케이키도 예사롭지 않은 속도라는 건 알 수 있었다.

"한 번 더 똑같이 해보라고 하면 분명 무리겠지만."

"뭐, 어쨌든 마지막까지 읽어볼게."

ㄱ 이후 케이키는 계속해서 콘티를 읽었다.

그녀가 만들어낸 노력의 결정체를.

고민한 끝에 도달한 새로운 이야기를.

마지막 페이지까지 다 읽고 케이키는 한숨을 토해냈다.

"엄청 재미있었어……."

"그렇지? 그렇지?"

"캐릭터가 살아있고 독창성도 있고 양념의 효과도 있어. 개성 있는 변태남이 많이 나오는 게 좋은 것 같아."

남자 캐릭터가 전부 변태라는 파격적인 설정에다 소재를 능숙하게 조리해서 연애요소와 변태요소의 밸런스를 잘 이루고 있었다.

이거라면 작품이 평범하다고 혹평을 받을 일은 없겠지.

"다만 이 만화 속 등장인물은…… 서예부 부원들이 모델이지?"

"아, 역시 알겠어?"

"그거야 알지. 검은 머리에 도M인 상급생 '유키오'는 완전 사유키 선배가 모델이고. 금발에 도S 미소년인 '리츠카'는 유이카라고밖에 생각할 수 없으니까."

"아하하, 그 부분은 빤히 보이는구나~."

"정수를 보여주는 건 이 히로인! 평범한 여고생인 '케이코'는 완전 나잖아! 평범한 사랑을 하고 싶은데 모여드는 이성이 전원 변태. 그래서 연애로 발전하지 않는다니, 그냥 나잖아!"

케이키는 작품 주인공으로 발탁되었다.

너무 자신과 비슷한 경우라 전력을 다해 케이코에게 감정 이입을 하고 말 정도였다.

덧붙여 노출벽이 있는 '미즈키'라는 남동생 캐릭터도 있는데 이건 완전히 미즈하가 모델이었다.

동인계에서 백합 만화를 그리는 빨간 머리의 남자 동급생 '마스미'는 너무 대우가 좋아서 작위적인 무언가가 느껴졌다.

"나의 스쿨 라이프를 옆에서 보면 이렇게 유쾌하구나……."

서예부 이야기를 할 때 쇼마가 굉장히 히죽거리고 있었던 이유를 알 것 같다.

"설마 소녀만화 주인공에 발탁될 줄은 몰랐는데."

"불만 있어? 귀엽게 그렸잖아?"

"불만은 있지만 이야기는 솔직히 재미있는 것 같아. 그 콘티, 편집자님께 보여줄 거지?"

"응. 편집자님에게 보여주고 나머지는 결과를 기다려야지. 역시 한 방에 오케이 되지 않을 거고, 몇 번인가 재검토하게 될 거야."

"이렇게 재미있는데 약한 소리 하기는."

"그거야. 자신만만하게 내놓은 처녀작이 혹평을 받으면 겸허해지는 법이야."

"나죠, 엄청 울었잖아."

"혹시 섬세함이란 단어 몰라?!"

볼을 부풀린 마오였지만 금방 쑥스러운 표정으로 바뀌었다.

"……뭐, 하지만, 고마워. 같이 있어 줘서."

"난 별로 한 것도 없는데."

"그렇지 않아. 네임이 완성된 건 키류 덕분이야. 이렇게 재미있는 만화를 그려본 건 처음이었어."

스케치북을 품에 안고 그녀는 최상의 미소를 보여주었다.

이제 우울해하던 동급생은 어디에도 없었다.

여기 있는 건 한 명의 어엿한 크리에이터였다.

"나, 좀 더, 좀 더 열심히 할 거야! 소녀만화도 동인지도!"

"오오, 힘내! ……응? 어라?"

뭔가 위화감을 느끼고 고개를 갸웃거렸다.

지금 그녀의 결의표명에 부적절한 단어가 섞여 있었던 것 같은데…….

"……저기, 난죠? 지금 동인지라고 했어? 이걸 계기로 소녀만화에 전념하는 거 아니었어?"

"그럴 리가 없잖아. 나의 본업은 BL 작가니까. 소녀만화에 몰두하느라 손을 대지 못한 만큼, 신간은 전력을 다해 즐겁게 그릴 거야~."

"아아아……."

아무래도 마오는 BL 세계에서 발을 뺄 생각이 전혀 없는 것 같았다.

소녀만화 작업에 열중하게 되면 부녀자 속성이 치유될지도 모른다고 기대했지만, 그 은밀한 야망은 이루지 못할 것 같았다.

어깨를 떨어뜨린 케이키 앞에서 목욕 가운 차림의 마오는 기분 좋은 모습으로 스케치북에 새로운 그림을 그리기 시작했다.

"……뭐, 오늘은 이걸로 됐으려나."

저렇게 즐거워하는 미소를 보여주니 딱히 아무 말도 할 수 없었다.

변태 탈출 미션에 실패했는데 왠지 나쁘지 않은 기분이 들었다.

"후헤헤…… 키류의 잠든 얼굴도 데생했고, 잠자던 케이크가 쇼우토에게 유린당하는 이야기로 한 권 그릴 수 있겠어!"

"이봐, 잠깐만!! 뭔가 그냥 흘려버릴 수 없는 대사가 들린 것 같은데?!"

—전언철회.

당장이라도 이 부녀자를 변태에서 탈출시켜주겠다고 마음속으로 다짐했다.

9월도 얼마 남지 않은 어느 평일 방과 후.

케이키가 동아리 건물을 향해 걸어가다 복도 중간쯤에서 트윈테일을 한 여학생과 만났다.

"아, 누군가 했더니 키류 선배였네요."

"그러는 너는 나가세잖아요."

"으음…… 따라 하지 마세요. 불쾌하거든요."

불쾌하다고 하면서도 그녀의 말투에 이전 같은 적의는 없었다.

그렇기는커녕 왠지 즐거운 듯 웃은 것 같은 기분이 드는 건 기분 탓이려나?

"선배는 지금부터 서예부에 가시는 거예요?"

"맞아."

"그럼 같이 가도 될까요? 학생회 일로 문화부 비품 체크를 하고 있는데, 서예부에도 찾아가고 싶거든요."

"그래, 그럼 같이 갈까?"

승낙하고 이동을 재개하자 아이리가 옆에 나란히 걸었다.

이전 같은 부자연스러운 거리감은 없었고 평범한 친구 사이 정도의 느낌이었다.

"그러고 보니, 동아리 관계 업무는 후지모토의 담당 아니었어?"

"아야노 선배는 다른 일로 손을 놓을 수가 없어서 오늘은 제가 대리로 왔어요."

"흐음, 그렇구나."

"아, 착각은 하지 마세요. 결코, 키류 선배를 만나고 싶어서 담당을 바꾼 건 아니니까요."

"그런 착각은 조금도 안 했는데."

오늘도 자의식과잉인 후배였다.

"학생회는 여전히 바쁜 것 같네."

"네에, 어딘가에서 우수한 인재가 굴러들어온다면 좋을 텐데요."

"그러게. 인원이 늘어나면 편해질 텐데."

"……키류 선배가 와주면 좋을 텐데요."

"으, 으응……?"

무심코 아이리의 얼굴을 바라보자 그녀는 쑥스러운 듯 외면했다.

"왜, 왜요?"

"아니, 나가세가 그런 말을 하다니, 의외라서."

"딱히 다른 뜻은 없었어요. 몇 번인가 도움을 받으면서 알게 됐는데 키류 선배는 성실하게 일을 해주니까 단순히 전력이 될 것 같다고 생각한 것뿐이에요."

"그렇게 말해주는 건 기쁜데 지금은 학생회에 들어갈 생각은 없어."

"그래요? 뭐, 마음이 바뀌면 언제든지 말씀해주세요."

"언제든지……?"

학생회로의 권유도 그렇고 케이키를 까닭 없이 싫어했던 인물이라곤 생각할 수 없는 발언이었다.

최근 아이리는 정말 태도가 부드러워진 것 같다.

구기대회에서의 일 이후, 몇 번인가 학생회 일을 도와줬지만, 그곳에서도 아이리의 대응은 꽤 상냥했었다. 예를 든다면 아주 매운 카레가 중간 매운맛으로 바뀐 것 같은 이미지?

다만 신기한 건 부드러운 모습은 케이키에게만 보여줄 뿐, 다른 남자에게는 여전히 신랄한 태도를 보인다는 점이었다.

(……어라?! 혹시 나가세는 나에게 마음이 있는 건가?!)

구기대회 일로 케이키를 다시 보고, 함께 학생회 업무를 하는 사이에 서서히 마음을 열어 어느샌가 자그마한 사랑이 싹텄다고 해도 이상하지 않았다.

자신에게만 마음을 열어주는 히로인이라니, 러브 코미디로서는 왕도인 전개였다.

머리를 쓰다듬은 벌로 일을 도와달라고 말한 것도 케이키를 만나기 위한 구실이었다고 생각한다면 납득이 갔다.

남자를 싫어하긴 하지만 그 외에는 평범한 여자아이라는 것도 포인트가 높았다.

성실하고 책임감이 강하고 곤란한 사람을 내버려두지

못하는 상냥한 모습도 갖고 있었다.

독설가적인 모습도 츤데레라고 생각하면 귀엽게 생각할 수 있고, 실은 꽤 매력적인 여자아이 아닐까?

(나가세가 상냥해진 건 확실하고 이대로 호감도를 높이면 정말 '아이리 루트'도 가능하지 않으려나……?)

마음의 벽은 조금씩 허물어지고 있었고 이쪽의 노력 여하에 따라 가능성이 있을 것 같았다.

이렇게 되면 진지하게 학생회 입부를 검토해보는 것도 괜찮을지 모르겠다.

"……아니, 하지만, 우선 서예부 변태들을 어떻게든 해야 해."

"……키류 선배?"

"헉?! 왜, 왜?"

"아뇨, 저기……벌써 부실에 도착했는데요."

"아……."

정신을 차려보니 익숙한 문 앞에 서 있었다.

골똘히 생각하는 사이에 목적지에 도착한 것이다.

"왠지 멍하니 있는 것 같던데 혹시 무슨 일 있어요?"

"아니, 아무것도 아니야. 정말 아무것도 아니니까."

"네에, 그런가요?"

"그래, 그래. 일단 안으로 들어가자."

노골적으로 얼버무리며 평소처럼 문을 열었다.

""""어서 오세요! 서예부에 잘 오셨습니다~!""""

"……응?"

늘 다녀서 익숙한 서예부 부실에 4명의 바니걸이 서식하고 있었다.

사유키에 유이카, 미즈하와 마오까지 선정적인 바니 의상을 몸에 두르고 있었다.

유이카의 바니 모습을 보는 건 두 번째였지만 금발 바니는 역시 귀여웠다.

미즈하의 바니도 너무 귀여웠고 평소 쿨한 마오가 익숙하지 않은 의상에 주저주저하는 모습이 순진해 보여서 가슴이 설레었다.

지금이라도 흘러넘칠 것 같은 사유키의 가슴도 신경 쓰였지만, 그것보다 먼저 확인해야 할 것이 있었다.

"왜 전부 바니걸인데?!"

"좋은 질문이야, 케이키."

탐스러운 가슴을 흔들며 흑발의 바니, 토키하라 사유키가 한 걸음 앞으로 나왔다.

"왜 전부 바니걸인가, 그 이유가 신경 쓰이는 거지? 신경 쓰여서 못 참겠지? 알고 싶으면 날 더러운 말로 욕해봐ー."

"됐으니까 빨리 말해주세요."

"이건 말이지, 묵과할 수 없는 사태를 해결하기 위한 작전

이야."

"무슨 뜻이에요? 묵과할 수 없는 사태라니?"

"최근, 교내에서 소문이 돌고 있어. 서예부 하렘에 질린 케이키가 학생회 여자애들에게까지 마수를 뻗쳤다고."

"……네?"

확실히 케이키는 최근, 아이리의 요청을 받아 학생회 업무를 도와주곤 했다.

업무의 일환으로 아이리나 아야노와 함께 교내를 돌아다닌 적도 있었다.

그게 오해를 불러일으켜 좋지 못한 소문이 퍼진 거겠지.

애초에 서예부에서 하렘을 구축하고 있다는 소문 자체가 큰 오해이지만…….

"확실히 요즘 케이키는 서예부 활동을 쉬는 날이 많았지. 부내에서 유일한 남학생이, 이런 미인들이 모여 있는 서예부를 내버려 두고 외부인에게로 돌아섰다는 사실에 우리의 여자로서의 프라이드는 갈기갈기 찢어졌어."

그 말대로, 바니걸들은 한결같이 불만스러운 시선을 케이키에게 보내고 있었다.

"케이키 선배, 너무해요. 유이카를 소홀히 하면서 다른 여자에게 꼬리를 흔들다니."

"오빠는 여동생만을 귀여워해야 한다고 생각해."

"상대가 키류라고 해도 남자에게 무시당하는 건 재미있는

일이 아니지."

"……."

유이카와 미즈하와 마오 세 사람의 의견을 듣고 케이키의 뺨으로 식은땀이 흘러내렸다.

"그런 이유에서 우유부단한 남자부원을 되찾기 위해 여자 전원이 케이키를 단죄— 아니, 바니로 유혹하자는 이야기 가 나오게 된 거야."

"지금, 단죄라고 말하지 않았어요?!"

겁먹은 사냥감을 앞에 두고 바니걸들의 눈이 수상하게 빛 났다.

"전원, 목표를 향해 돌격!"

"""""옛썰!!"""""

부장의 호령에 육식계 토끼들이 이 자리에서 유일한 수컷 에게 일제히 달려들었다.

"응? 잠깐, 잠깐만!! ―으아아아아아아아아아아아아 아아아아아악?!"

4명이 기를 쓰고 덤빈 탓에 그 자리에 엉덩방아를 찧은 케 이키는 전후좌우로 바니걸들에게 안겨 눈 깜짝할 사이에 움 직임이 봉쇄되고 말았다.

좌우의 팔은 각자 사유키와 유이카가 붙잡고 뒤에서는 마오의 가슴이 눌러대고 눈앞에는 사랑스럽게 볼을 비비는 미즈하의 모습이.

"후우, 오늘은 오빠에게 서비스를 많이 해줄게."

"자, 잠깐, 미즈하⋯⋯? 너, 너무 대담한 거 아니야?"

"그러는 마오 선배야말로 다양한 곳을 눌러대고 있잖아요."

"코가도 덩치는 작은 주제에 적극적이네. 나도 질 수 없지."

여자들이 뭔가 즐거운 듯 시끄럽게 굴고 있었지만 걸즈토크에 귀를 기울일 여유가 케이키에게는 없었다.

여하튼 4명의 여자들 틈에 끼어 계속 시달리고 있었다.

일찍이 없었던 가슴의 파상공격에 이성이 붕괴 직전이었다.

"바니걸 여러분?! 슬슬 떨어지지 않으면 나의 남자로서의 심벌이 큰일 날 것 같은데요?!"

"그렇게 되면 내가 책임지고 주물러줄게."

"유이카가 책임지고 꾹꾹 눌러줄게요."

"책임지고 오빠의 것을 할짝할짝 핥아줄게."

"책임지고 구석구석까지 데생해줄게."

"싫어어어어어어어어어!!"

이 상황에서 주니어가 자기주장을 하는 건 공개처형을 의미한다.

그녀들에게 커진 자기 자신을 보여줄 순 없었다.

그렇게 바니걸들에게 정신을 빼앗겨 필사적으로 다리 사이를 숨기려고 고군분투하는 케이키는 이 자리에 또 한 명의 여학생이 있다는 걸 완전히 잊고 있었다.

"⋯⋯키류 선배?"

"……아."

활짝 열린 문 앞에, 가면 같은 무표정한 얼굴로 케이키를 내려다보고 있는 건 부실까지 함께 왔던 나가세 아이리 그 사람이었다.

"나, 나가세……?"

"……키류 선배는 역시 하렘의 주인이었군요."

자아내는 목소리는 얼음처럼 차가웠고.

그를 향한 시선도 쓰레기를 보는 듯 냉담했다.

모처럼 쌓아 올린 호감도가 와르르 소리를 내며 무너지고 있다는 걸 깨달았다.

그건 언젠가 수업 중에 꿨던 꿈과 같았다.

모처럼 여자아이와 가까워졌는데 변태 소녀들이 그 사이를 갈라놓는다는 악몽이 현실이 된 것이다.

"학생회 임원으로서 이런 불건전한 동아리를 내버려 둘 순 없어요……."

엉덩방아를 찧은 케이키와 어리둥절한 얼굴의 바니걸들이 지켜보는 가운데 트윈테일 하급생이 엄숙하게 선언했다.

"학교의 규율을 지키기 위해 서예부를 폐부합니다!"

'변태 좋아' 5권입니다. 5권부터 새로운 장에 돌입합니다. 지금부터는 내 차례! 라는 느낌으로 케이키가 새로운 미션에 도전하기 시작합니다.

하지만 변태 소녀들의 개성이 너무 강해서 쉽지 않을 것 같네요.

케이키의 러브 코미디는 쉽게는 이뤄질 수 없을 것 같아요. 힘내라, 주인공.

그건 그렇고 이번에도 커버 일러스트가 정말 귀여웠습니다.

'변태 좋아'에서 유일하게 새하얀 머리를 소유한 히로인 코하루 선배. 자그마한 여자아이와 카메라의 조합이 개인적으로 핵심 포인트였습니다. 저도 카메라가 되고 싶어요(소원).

코하루 선배는 은근히 1권부터 등장하는 캐릭터였죠.

드디어 그녀와 쇼마의 이야기도 진행할 수 있었습니다. 지금까지도 열심히 케이키 옆에서 뻔뻔하게 달콤한 시간을 보내왔기 때문에 정리될 부분이 정리된 것 같은 느낌이라고나 할까요?

그렇다고 해도, 사귀게 됐으니 끝인 건 물론 아니고 앞으로도 그들의 동향을 이따금 그려가고 싶습니다.

앞으로도 이 두 사람의 연애를 지켜봐 주신다면 행복할 것 같습니다.

이번에는 코하루 선배에게 큰 진전이 있었지만 유이카를 시작으로 난죠도 열심히 노력했던 것 같아요.

다음 권에서는 다른 히로인들도 깊이 파고들면서 새로운 미션도 진전시키고 싶습니다.

그럼, 지금부터는 약간의 선전을.

이 '변태 좋아'가 벌써 5권째입니다만 실은 코미컬라이즈 제1권과 동시에 발매가 되었습니다.

코믹스 표지는 원작 1권과 동일하게 좀 섹시한 느낌의 유이카가 차지했습니다.

내용도 굉장한 퀄리티로 완성했으니 흥미가 있으신 분들은 꼭 봐주셨으면 좋겠습니다.

그리고 작년에 알려드린 드라마 CD도 동시에 발매됩니다.

'변태 좋아'의 이미지 송이나 미즈하의 새로운 에피소드도 포함되어 있으니 이쪽도 잘 부탁드립니다.

코미컬라이즈에 드라마 CD화, 급격히 폭이 넓어지는 변태 좋아 월드입니다만 그것도 전부 작품을 지지해주시는 여러분들 덕분입니다.

늘 응원해주셔서 정말 감사합니다.

그럼 다음에는 6권에서 만나요.

하나마 토모

KAWAIKEREBA HENTAI DEMO SUKI NI NATTE KUREMASUKA? Vol.5
©Tomo Hanama 2018
First published in Japan in 2018 by KADOKAWA CORPORATION, Tokyo.
Korean translation rights arranged with KADOKAWA CORPORATION, Tokyo.

귀여우면 변태라도 좋아해주실 수 있나요? 5

2019년 2월　1일 1판 1쇄 발행
2019년 6월 30일 1판 3쇄 발행

저　　　자 하나마 토모
일 러 스 트 sune
옮 긴 이 심희정
발 행 인 유재옥
본 부 장 조병권
담당편집자 정영길
편　　　집 김다솜, 김민지, 박상섭, 이성호, 정영길, 조찬희
미　　　술 강혜린, 박은정
라이츠담당 박선희, 오유진
디 지 털 최민성, 박지혜
발 행 처 ㈜소미미디어
제 작 처 코리아피앤피
등　　　록 제2015-000008호
주　　　소 서울시 마포구 토정로 222,403호 (신수동, 한국출판콘텐츠센터)
판　　　매 ㈜소미미디어
마 케 팅 한민지 한주원
전　　　화 편집부 (070)4164-3962, 3963 기획실 (02)567-3388
　　　　　　판매 및 마케팅 (070)4165-6888, Fax (02)322-7665

ISBN 979-11-6389-134-5 04830
ISBN 979-11-6190-647-8 (세트)